dtv

Reihe Hanser

Kleiner Mond ist Waise, Zeltsklave und Pferdehirt. Als er es beim grausamen Fürsten Atlar nicht mehr aushält, flieht er – und begegnet dem weißen Pferd, das sprechen und fliegen kann. Es bringt Kleiner Mond zum chinesischen Kaiser, der große Sorgen hat. Der Star, sein Ziehsohn, möchte fort vom Hof des Kaisers.
Der Herrscher ruft einen Wettstreit aus: Bis zur Sommersonnenwende müssen ihm die beiden Jungen jeder drei Geschenke bringen. Falls der Star den Pferdehirten dabei an Einfallsreichtum übertrifft, darf er gehen. Kleiner Mond und Fliegendes Pferd sind ratlos: Was für Geschenke sollen das sein? Und können die Mönche im Himalaya ihnen weiterhelfen?

Irja Rane, 1946 unweit von Tampere/Finnland geboren, studierte Literaturwissenschaften an der Universität von Helsinki, wo sie heute das Institut für Finnische Literatur leitet. Für ihre eigene schriftstellerische Arbeit wurde sie mehrfach ausgezeichnet, unter anderem mit dem Finlandia Preis, dem bedeutendsten finnischen Literaturpreis, und dem Hans-Christian-Andersen-Preis.

Irja Rane

Kleiner Mond und Fliegendes Pferd

Aus dem Finnischen
von Anu Pyykönen-Stohner
und Friedbert Stohner

Deutscher Taschenbuch Verlag

In neuer Rechtschreibung
November 2005
Deutscher Taschenbuch Verlag GmbH & Co. KG,
München
www.dtv.de

Titel der Originalausgabe: ›Kiinan keisarin lentävä hevonen‹
(WSOY, Helsinki)

Satz: Satz für Satz. Barbara Reischmann, Leutkirch
Druck und Bindung: Druckerei C. H. Beck, Nördlingen
Gedruckt auf säurefreiem, chlorfrei gebleichtem Papier
Printed in Germany · ISBN 3-423-62243-1

1

Weit, weit in der Mongolei, wo Himmel und Erde aneinander stoßen, lebte ein Junge mit Namen Kleiner Mond. Er besaß eine pflaumenfarbene Jacke aus Seide und weiche Lederstiefel, aber glücklich war er nicht. Kleiner Mond war Waise.

Er war einer von Atlars Hirten. Atlar war ein mürrischer Häuptling. Er herrschte mit harter Hand über Frauen und Männer und niemand war vor seinem Jähzorn sicher. Atlar schlug Kleiner Mond, er schikanierte und quälte ihn, denn Kleiner Mond war ein Fremder in Atlars Stamm. Er war nur ein Sklave, Teil irgendeiner Beute. Und weil er still war und klein von Wuchs, hatte er keine Freunde, die ihn verteidigt hätten.

Atlar war reich. Er besaß Pferde und Kamele, die in vielhundertköpfigen Herden über die Steppe zogen. Im Frühling, wenn der Schnee von der Steppe schmolz und der Ostwind Regenwolken vom Ozean hinter China heranblies, ging der Stamm mit den Tieren auf Wanderschaft.

Das war eine wunderbare Zeit. Der Regen hatte den lehmgelben Staub vom Himmel gewaschen, der jetzt unbegreiflich hoch war und glitzerte wie Glas. Die Erde wellte sich in grünen Wogen, die das Auge täuschten. An den Bächen blühten die Weiden, deren greller Geruch sich mit dem Duft der Kräuter mischte. Die Filzzelte des Stammes bewegten sich, von Ochsengespannen gezogen, wie weiße Blasen über die buntseidene Steppe. Die Silberglöckchen an den Sätteln der Pferde klangen, bunte Bänder flatterten im Wind, und die Jauchzer der Reiter hallten vom Himmel, an dem der Falke kreiste. Auch Kleiner Mond war leicht ums Herz, wenn er auf seinem Schecken zwischen den anderen Hirten ritt.

Eines Abends schlugen sie im Schutz von Hügeln ihr Lager auf. Nach langer Zeit hatten sie wieder Holz gefunden, Laubbäume, deren Stämme sie zu großen Lagerfeuern schichteten. Turmhoch schlugen die Flammen und Funkenspiralen drehten sich ins Blau des abendlichen Himmels. Sie verschlangen an Spießen gebratenes Fleisch und tranken aus Stutenmilch gebrauten Kumyß. Die jungen unter den Männern ritten mit rasselnden Speeren um die Feuer und führten Kunststücke mit den Fangschlingen vor. Ein einziges Lachen und Johlen, ohrenbetäubendes Klirren und Hufeschlagen erfüllte die Luft.

»Meine Söhne!«, rief Atlar, nachdem er dem Treiben eine Weile zugesehen hatte. »Meine Fohlen! Hört auf herumzutollen wie die Hengste, die frisches Gras gerochen haben. Männer messen ihre Kräfte nicht im kopflosen Spiel. Nehmt eure Bogen und schießt um die Wette. So wollen wir sehen, wozu ihr taugt!«

Atlar stand auf, schnitt einen mannshohen Stecken von einem Stamm, rieb ihn mit Hammelfett ein und zündete das dünne Ende am Lagerfeuer an.

»Bring ihn hundert Schritte weg!«, sagte er zu Kleiner Mond. »Wer im vollen Galopp mit seinem Pfeil die Flamme löscht, dem soll das goldgewirkte Sattelgewand gehören, das wir der Pekinger Karawane raubten.«

Das Wettspiel begann. Einer nach dem andern sprangen die jungen Männer in die Sättel, jagten ihre Pferde im Galopp dahin und schossen ihre Pfeile nach der im Dunkeln flackernden Flamme. Mancher Pfeil brachte die Flamme zum Zittern und einer ließ sogar Funken stieben; aber der Stecken brannte herunter bis zur Erde, und keiner war unter den Reitern, der richtig traf.

»Hohoho!«, lachte Atlar, der zufrieden war und ärgerlich zugleich. »Ihr wollt Männer sein? Nicht einmal Fohlen seid ihr, sondern räudige Kameljunge, die mit knapper Not auf ihren zittrigen Beinen stehen. Ich will euch zeigen, was Bogenschießen heißt. Kleiner Mond, du krummer Speerstiel, komm her!«

Kleiner Mond hatte Angst, als er sich durch den

Kreis der Männer zu Atlar drängte. Schwarz und unheimlich standen sie im Schein des Feuers und lachten, dass ihre Zähne blitzten. Kleiner Mond musste an ein Wolfsrudel denken und an den schwarz gestreiften Tiger; ihre Bewegungen und Stimmen waren wie ein einziges bedrohliches Murren. Aber es half nichts, er musste vortreten und sagen: »Hier bin ich, Herr.«

»Erbärmliche Laus, die ich zwischen meinen Fingern zerquetsche!« Atlar hob Kleiner Mond am Kragen seiner Jacke hoch, bis er ihm genau in die Augen blickte. Dann schüttelte er ihn. »Oder bist du wenigstens flink, Laus, dass du mir zu *etwas* nütze bist?«

Kleiner Mond sah, wie Atlars Augen schmäler wurden, sah, wie sie glühten, und spürte, dass Atlar etwas im Schilde führte, was ihm eine teuflische Freude bereitete.

»Zieh nicht so ein Gesicht, Laus! Wir feiern ein Fest und alle sollen sich freuen. Dies ist der Abend der Feuerkrone!«

Kleiner Mond wurde starr vor Schreck. Angst schnürte ihm die Kehle zu und auch die Männer schwiegen. Im Spiel mit der Feuerkrone wollte Atlar seine Stärke beweisen. Aber das Spiel mit der Feuerkrone war ein Spiel des Krieges, nicht des Frühlings! Auch war Kleiner Mond Zeltsklave und kein Gefangener. Die Männer sahen einander an. Doch als Atlar in die Runde blickte, senkten sie die Köpfe. Keiner wagte es, dem Häuptling zu widersprechen, denn es hätte ihn das Leben gekostet. Vielleicht, so dachten sie, war Atlars Hand ja noch sicher und Kleiner Mond blieb unversehrt.

Stumm halfen sie Atlar die fünfzackige Krone aus Weidenruten zu flechten, die Kleiner Mond tragen sollte. Sie setzten sie ihm auf und steckten in Öl getränkte Kamelhaarbüschel auf die Zacken. Sie hoben Kleiner Mond aufs Pferd und hießen ihn die Zügel halten. Zwei Männer hielten das Pferd. Sie würden mit ihren Fackeln die Kamelhaarbüschel anzünden, wenn Atlar ihnen das Zeichen gab.

»Reite immer geradeaus, kleiner Bruder«, flüsterte einer der beiden, dem Kleiner Mond Leid tat. »Geradeaus und ruhig wie das Wasser, so ist es am leichtesten, die Feuerzacken zu treffen. Und hab keine Angst. Atlar ist alt und betrunken, aber er hat die Hand des Häuptlings.«

Wer nicht selbst Zielscheibe werden sollte, hatte gut an die Treffsicherheit des Häuptlings glauben. Kleiner Mond biss die Zähne zusammen. Alles hing jetzt davon ab, wie er ritt, ob er Atlar ein sicheres Ziel zu sein vermochte. Dessen Pfeile mussten die Feuerkrone finden, wie die Biene die Blüte fand. Aber was, wenn Atlar wankte im schnellen Galopp? Wenn seine Finger steif waren, seine Augen längst nicht mehr so unglaublich scharf? – Kleiner Mond schluckte. Er spürte schon die Pfeilspitze an seinem Hals. Und die Nacht, in die Atlar hinausgeritten war, war stumm wie eine für immer versiegte Quelle.

»Hojoooooh!« – Altars Ruf aus dem Dunkel. Ein Zischen und die Büschel fingen Feuer. Dann ein Klaps und das Pferd galoppierte los. Kleiner Mond hörte das Klappern der Hufe und das Knirschen des Sandes. Die Feuerkrone auf seinem Kopf wurde ein Flammenring in der schwarzen Nacht.

Kleiner Mond ritt um sein Leben. Er sah nichts, er hörte und fühlte nichts. Dann eine Berührung. Und ein helles Blitzen vor seinen Augen. Das erste Büschel! Dann Funken. Das zweite Büschel! Noch schneller galoppierte sein Pferd, immer schneller. Schon kam Atlar heran. Kleiner Mond hörte das »Kling!« des Bogens und die dritte Flamme flatterte über seine Schulter davon und in hohem Bogen zu Boden. »Hoffentlich brennt mir das Feuer keine Löcher in die schöne Jacke«, dachte Kleiner Mond und wusste im selben Augenblick, das war ein lächerlicher Gedanke. Nur noch zwei Pfeile. Jetzt war Atlar ganz nah – und hatte wieder getroffen! Dann ahnte Kleiner Mond nur, dass Atlar hinter ihm war und im Sattel sich drehend den Pfeil nach dem letzten Büschel schießen wollte.

Mag sein, Kleiner Mond packte nun doch die

Angst, dass er die Zügel locker ließ; mag sein, das Pferd scheute, als Atlar in wildem Galopp vorüberpreschte. Vielleicht auch rettete ein guter Geist ihn vor Atlars letztem Pfeil. Jedenfalls stürzte, kugelte und fiel Kleiner Mond, bis er spürte, wie das scharfe Steppengras ihm das Gesicht zerschnitt. Noch während er sich aufrappelte, war Atlar über ihm.

»Wolfsjunge! Stinkende Steppenratte!« Atlars Schläge ließen Kleiner Mond erneut zu Boden stürzen. »Du wagst es, dich fallen zu lassen! Du weichst dem letzten Pfeil aus, wenn der Häuptling nach der Feuerkrone schießt! Das wagst du, Sklave! Du bist nicht wert, dass du jemals wieder ein Pferd besteigst.«

Atlars Zorn war wie ein Gewittersturm, und er ließ auch nicht nach, als sich die Männer um ihn scharten und seine Schießkünste lobten. So lange schlug er auf Kleiner Mond ein, dass es dem schien, es sei keine Stelle seines Körpers mehr heil, als der Häuptling endlich von ihm abließ. Ein weinendes Bündel, blieb Kleiner Mond auf der Erde liegen.

»Was soll ich nur tun? Er wird mich nun immer schlagen«, schluchzte Kleiner Mond. »Und das Reiten wird er mir verbieten und das Pferd wegnehmen, dann werde ich nicht mal mehr Sklave sein, sondern wie ein Hund in seinem Zelt.«

Der Wind wehte über die Steppe und brachte den Duft frischen Grases mit sich. Er kühlte die brennenden, schmerzenden Glieder. Und als er die Sterne über sich sah, den sanften Frühlingstanz der Sternenschwärme, da war es Kleiner Mond auf einmal, als flüsterte jemand: »Es ist die Zeit der großen Wanderung. Geh, armes Fohlen, und suche dir eine neue Weide!«

Kleiner Mond stand auf. Er betrachtete den Himmel und die Erde, wie sie im Licht der Sterne schimmerten. Und er suchte mit seinen Augen den Polarstern, verneigte sich dreimal und sagte: »Himmel, mein Vater, und Erde, meine Mutter – zeigt mir den Weg!«

Kleiner Mond stand lange regungslos, das Gesicht zu den Sternen gewandt, so lange, bis er meinte, die langsame Bewegung des Himmelsgewölbes zu sehen und in die Dunkelheit und ins Licht zu stürzen. Dann fiel im Osten ein blasser Stern und Kleiner Mond erwachte.

»Danke. Jetzt weiß ich den Weg.« Kleiner Mond verneigte sich wieder dreimal, kehrte dem Lager den Rücken und begann mit müden Schritten seine Wanderung dorthin, wo der Stern gefallen war.

2

Drei lange Tage wanderte Kleiner Mond durch die Steppe. Zum Glück war Frühling. In den Bächen floss Wasser, und es gab saftige Kräuter, die gegen den schlimmsten Hunger halfen. Auch Vogelnester fand er und nahm die Eier daraus mit als Proviant. Doch es war eine beschwerliche Reise, denn Kleiner Mond war nicht gewohnt, zu Fuß zu gehen. Das Auge verlor sich in der immer gleichen, hügeligen Ebene, und es war schwer, Entfernungen zu schätzen, da es keine Landmarken gab. Die Sonne brannte, und die Einsamkeit bedrückte das Herz, denn es gab kaum Leben in der Steppe. Ein Falke kreiste am hellen Himmel, ein Kaninchen floh vor Kleiner Monds Füßen, und am Abend des zweiten Tages sah er weit entfernt vorm blau sich färbenden Horizont ein Kamel mit seinem Kalb. Die Stille der Steppe rauschte in den Ohren und flüsterte von schlimmen Dingen, und der Nachtwind sprach mit der Stimme der Geister, die den Wanderer in die Irre führen. Kleiner Mond aber ging sicher seinen Weg nach Osten, in die Richtung des beginnenden Tages.

Am Abend des dritten Tages erreichte er den Fuß

eines niedrigen Hügels. In gleichmäßigen Wellen stand hier das Gras; es gab sanfte Hänge, zwischen denen ein Bach hinfloss. Das Wasser suchte sich seinen Weg zwischen Steinen und Geröll; auf den Hügeln standen Felsblöcke, vom Wind geformt wie steinerne Wächter. In der sinkenden Sonne flogen Schatten wie Pfeile vor Kleiner Mond her und wiesen ihm den Weg. Er watete durch den Bach und schaute nach einem Platz für die Nacht.

Der Bach schlängelte sich in zahllosen Windungen dahin, verbreiterte sich hier und da zu stillen, kleinen Seen mit Ufern voll hohem Gras und Schilf. Enten flogen daraus auf. Und nicht weit von einem solchen See, gleich hinter dem Ufergrün, sah Kleiner Mond zu seiner Überraschung eine Gruppe von Bäumen.

»Fein«, dachte er. »Hier bleib ich und morgen kann ich mir einen Bogen schnitzen.« Er befühlte die Schneide seines Messers. Ohne Bogen hatte er sich ein bisschen hilflos gefühlt. Natürlich trug er seine Fangschlinge über der Schulter, aber sie war nutzlos, wenn man Hasen und Enten fangen wollte. Bald hatte er die grün in die Dämmerung leuchtenden Lärchen erreicht.

Was für ein seltsamer Ort zwischen den Hügeln! Inmitten eines geschützten Kessels sprudelte eine frische Quelle, deren Ufer blau glühten von blühenden Vergissmeinnicht. Die Bäume wuchsen in gleichmäßigen Abständen ein Stück entfernt, ein dichter, stiller Zaun. So ruhig und friedlich lag alles, dass Kleiner Mond an die Schale aus weißer Jade denken musste, die er vor langer Zeit in den Händen eines chinesischen Händlers gesehen hatte. In Atlars Zelt war das gewesen, und dass es etwas so Zerbrechliches und Zartes geben konnte, hatte Kleiner Mond bis dahin nicht gewusst. Wenn man Tee in die Schale goss, musste sie zerspringen unter dem Gewicht der Flüssigkeit; so war es ihm vorgekommen.

»Das hier muss die Wohnung eines Geistes sein«, dachte Kleiner Mond und machte eine respektvolle Verbeugung, bevor er sich das Gesicht wusch und von dem Wasser trank. Als er sich wieder von den Knien erhob und die Hände am Saum der Jacke trocknete, sah er das Pferd.

Er hatte nichts gehört und nichts gesehen, und trotzdem war das Pferd da, stand ganz nah, auf der anderen Seite der Quelle und fraß blaue Blumen, die es so ruhig zupfte, als hätte es alle Zeit der Welt.

Das Pferd war weiß, hell wie die Glut des Schnees. Seine Mähne wehte wie Seide, seine Fesseln waren schlank und zierlich, der Hals schön gebogen.

Kleiner Mond holte tief Luft. Verworrene Gedanken schossen ihm durch den Kopf. Ein Pferd. Könnte man es fangen und zähmen, hätte man ein

Reitpferd, wie noch niemand eines hatte. Weiß. Ruhig. Und wunderschön. War es ein Geist, der Urahn aller Pferde, von dem die Alten erzählten? Dann konnte man es so wenig fangen wie den Wind.

Da rutschte das Pferd ab und ein Huf ließ das Wasser spritzen. Der erste Zauber war verflogen.

Kleiner Mond tastete nach der Fangschlinge und löste sie lautlos von der Schulter. Eine Bewegung des Handgelenks, kaum wahrnehmbar, und die Schlinge flog nach dem Hals des Tieres. Doch nichts geschah. Oder es geschah zu schnell für Menschenaugen. Die Schlinge stieg, flog, glitt über den Kopf des Pferdes – und kam im selben Augenblick zurück.

»Träume ich?«, dachte Kleiner Mond. Er betrachtete das Seil in seiner Hand. Das Pferd stand ganz ruhig. »Vielleicht bin ich so müde, dass mir meine Gedanken schon wie Taten vorkommen. Ich muss werfen, bevor es etwas merkt.«

Wieder flog die Schlinge. Und wieder kam sie zurück. Diesmal aber blieb das Pferd nicht regungslos. Es schüttelte die Mähne und bewegte die Ohren, zupfte ein letztes Maul voll blauer Blüten und hob, kauend und Kleiner Mond musternd, den Kopf.

Dann sagte es: »Höflicher wäre es, du wünschtest mir einen guten Abend, bevor du mich beim Essen störst.«

Das Pferd sah Kleiner Mond sanft und fest in die

Augen. Es lächelte. Und Kleiner Mond stand starr mit offenem Mund.

»Du grüßt nicht, dabei sieht man deutlich, dass du etwas auf dem Herzen hast.«

Das Pferd spitzte die Ohren, als ahmte es Kleiner Monds gespannte Haltung nach.

»So was gibt es nicht«, dachte Kleiner Mond und zitterte. »Oder es ist Geisterwerk, ein Spuk. Pferde sprechen nicht. Niemand hat je von sprechenden Pferden gehört. Nicht mal Badruk, dem Märchenerzähler, sind sie eingefallen. Ich ...«

»Jahahaaa«, wieherte das Pferd. »Badruk weiß in der Tat nichts von mir. Der alte Märchenonkel mit seinen ewigen Geschichten von Kampf und Raub und Krieg und Meisterschützen auf schnellen Rossen – seine Pferde sprechen wahrhaftig nicht, nein.«

»Ka-kannst du auch Gedanken lesen?«, fragte Kleiner Mond.

»Manchmal.« Das Pferd warf verträumt den Kopf zurück. »Im Augenblick nicht. Bei dir gibt es nicht viel zu lesen. Komm auf diese Seite des Wassers. Wir haben viel zu tun, bevor es Nacht wird.«

Das Pferd drehte sich um und trabte zu den Bäumen. Wie im Schlaf ging Kleiner Mond um die Quelle und folgte ihm. Es war schon fast dunkel, aber um das Pferd war ein Glanz, der die kleine Lichtung, auf der es stehen blieb, erleuchtete. Das

Pferd leuchtete! Kleiner Mond sah die Schatten der Blumen und Gräser ringsum. Zehn Schritte von dem Pferd entfernt blieb er stehen.

»Im Namen des Himmels«, begann er und versuchte seine Stimme fest erscheinen zu lassen, »im Namen des Himmels, sag mir, ob du ein böser Geist bist.«

Das Pferd drehte sich um. Seine Stimme klang ärgerlich. »Es ist nicht gut, Dinge heraufzubeschwören. Du siehst doch, dass ich ein Pferd bin, wie du Kleiner Mond bist oder jetzt Frühling ist und die Lärchen blühen.«

»Du weißt meinen Namen? Woher kennst du mich?«

»Ich kenne alle, die mich kennen. Und *du* hast mich doch vor drei Nächten erst fliegen sehen. Also frag nicht, sondern mach ein Feuer oder tu, was zu tun ist, damit du dir wieder wie ein Mensch vorkommst. Du musst essen und schlafen, denn wir haben eine weite Reise vor uns.«

»Wir?«, rief Kleiner Mond aus. »Wohin?«

»Wir setzen die Reise fort, die du gewählt und begonnen hast.«

»Ich habe nichts gewählt«, sagte Kleiner Mond. »Der Polarstern hat mir einen Rat gegeben.«

»Das kommt aufs selbe heraus. – Aber wir haben jetzt nicht die Zeit, über Rat und Wahl und Wille und Weg nachzudenken. Wir sind auf Reisen und

Reisende sollten in der Gegenwart bleiben. Setz dich endlich! Vielleicht erzähl ich dir mehr, wenn du gegessen hast und das Lagerfeuer so weit heruntergebrannt ist, wie man's zum Geschichtenerzählen braucht.«

Kleiner Mond wusste nicht, wie ihm geschah, aber er tat, was das Pferd ihm aufgetragen hatte. Er sammelte Holz, machte Feuer, briet sich in der Asche ein paar Vogeleier und aß. Er sammelte Lärchenzweige für sein Nachtlager und für ein kleines Zelt; einen besonders kräftigen legte er sich beiseite für einen Bogen.

Während der ganzen Zeit blieb das Pferd still. Hätte ihnen jemand zugesehen, er hätte glauben müssen, einen einsamen Hirten mit seinem Pferd vor sich zu haben.

Erst als Kleiner Mond den Bogen schon geschnitzt hatte und unter Gähnen und mit müden Fingern die Sehne dafür flocht, begann das Pferd wieder zu sprechen.

»Gute Arbeit, Kleiner Mond! Ich sehe, du besitzt Verstand und Geschick. Außerdem ein tapferes Herz, denn du hast schnell eingesehen, dass auch das Unmögliche möglich ist. Das wird dann auch von morgen an unsere Aufgabe sein: das Unmögliche möglich zu machen. Morgen früh brechen wir auf nach China.«

»Nach China? Aber es sind viele hundert Tage dahin. Niemand kann allein so weit reisen. Nur Karawanen kommen durch die große Wüste. Es sind überall Räuber, und wenn wir ihnen nicht in die Hände fielen, käme die Trockenzeit, bevor wir das Ziel erreichten. Wir würden verhungern und verdursten.«

»Gut gedacht, mein Junge. Aber manchmal *muss* man dorthin gehen, wohin man geführt wird, und ohne Furcht. Die Welt ist voller Überraschungen und nicht alle Hindernisse sind von Übel.«

»Ich weiß nicht, Pferd«, sagte Kleiner Mond und runzelte die Stirn. »Ich glaube ...« Kleiner Mond biss sich auf die Lippen. »Du hast Recht. Nach dem Hundeleben bei Atlar ist schon alles gleich. Warum sollte ich also nicht nach China reisen oder sonst irgendwohin.«

»Man reist nicht irgendwohin, niemals«, sagte das Pferd. »Wer irgendwohin reist, reist in die Irre und stirbt. Denk nach, bevor du antwortest. Was sagt dein Herz zu meinem Vorschlag?«

Das Pferd schwieg. Das Geräusch des Feuers erstarb. Schatten seufzten unter den Bäumen und der Duft der Erde schwamm süß und lebendig in der Luft. Die Sterne leuchteten hell. Und Kleiner Mond erinnerte sich, wie er sich vor dem Polarstern verbeugt hatte in der Nacht, als Atlar ihn schlug, und er stand auf, um dasselbe wieder zu tun. Doch ehe er sich bewegen konnte, biss ihn das Pferd sanft in die Schulter.

»Du bist ein störrischer kleiner Dummkopf, Kleiner Mond. Die Sterne sind nicht dazu da, jede Nacht deine Angelegenheiten zu regeln. Du bist jetzt selber für dich verantwortlich. Sieh mich an!«

Kleiner Mond hob die Augen und sah die weiße Stirn des Pferdes zornig glühen. Die Gedanken schwirrten ihm wie Funken durch den Kopf. Aufbrechen? Reisen? Wohin? Nach China? Die Fragen kringelten sich in seinem Kopf wie die Locken in der Mähne des Pferdes. Doch dann, ganz plötzlich, bewegten sich die Gedanken an ihren richtigen Platz. Kleiner Mond sah wieder die Jadeschale des chinesischen Händlers vor sich und der zarte Duft von Jasmintee stieg ihm in die Nase.

»Pferd«, sagte Kleiner Mond heiser, »ich komme mit nach China, denn ich glaube, man wartet dort auf uns.«

»Wie klug du bist!« Das Pferd wieherte freudig. »Klüger hat mir seit langem niemand mehr geantwortet. Schlaf jetzt, Junge. Du darfst neben mir liegen, weil du keine Decke hast. Und lösch ordentlich das Feuer, falls in der Nacht Wind aufkommt.«

Kleiner Mond aber dachte, bevor er endlich einschlief: »Danke, Polarstern, dass du mich das Pferd hast finden lassen. Oder hat das Pferd vielleicht mich ...«

3

Als sie erwachten, war dichter Nebel. Nie zuvor hatte Kleiner Mond solche dichten, milchigen Nebelwolken gesehen. Sie waren so voll Wasser, dass das Atmen schwer fiel. Als Kleiner Mond sich erhob, rollten ihm Tropfen wie Perlen über die Jacke. Das Pferd zitterte vor Kälte.

»Du musst mich striegeln bei dem feuchten Wetter«, sagte es. »Und dann müssen wir schleunigst los.«

»Wohin?«, fragte Kleiner Mond. »Man sieht ja nicht die Hand vor den Augen. Wenn wir am Bach entlanggehen, stolpern wir über die Steine oder fallen in den Sumpf. Wir müssen über die Hügel im Osten.«

»Keine Sorge, wir schaffen das schon. Mach dich nur fertig. Und sing das Reiselied. Den Platz, wo das Pferd lagert, soll man nicht grußlos verlassen.«

Kleiner Mond machte sich leise schimpfend reisefertig. »Auch noch singen! Brr, ist das eine Kälte. Und wie nass dieses Pferd ist! Eine Satteldecke hat es auch nicht, keine Zügel, nichts. Aber unsereinen herumkommandieren.«

»Mach mir noch die Hufe sauber«, sagte das Pferd und hob ein Bein.

»Du redest mit mir, als hätte ich noch nie ein Pferd versorgt. Vielleicht denkst du mal daran, dass ich einer von Atlars Hirten war. He, du bist ja gar nicht beschlagen. Wie sollen wir da irgendwo hinkommen?«

»Mach die Hufe sauber! Ich bin ein besonderes Pferd und weiß, wo ich meine Hufe hinsetze. Jedenfalls hab ich mehr Beine als du.« Das Pferd schüttelte wütend die Mähne. »Mach voran, wir haben es eilig! In Peking warten sie schon.«

»Wer? Und wieso? Außerdem brauchen wir Wochen bis dahin, ganz egal, was du für ein Pferd bist.«

»Mach du die Hufe sauber und red nicht! Auch lange Reisen können kurz sein, wenn man weiß, wie man's anstellt. Na, ist der Huf jetzt bald fertig?«

»Wie soll er fertig werden, wenn du dauernd wackelst.« Kleiner Mond glühten schon die Backen vor Anstrengung. Er schimpfte immer noch vor sich hin und fand, das Pferd war ganz schön eingebildet. Schließlich war es immer noch ein Pferd, auch wenn es sprechen konnte. Und der Reiter war immer noch der Herr des Pferdes, auch wenn er es versorgte und bediente.

Endlich war er fertig. Er trug den Bogen über der einen, die Fangschlinge über der anderen Schulter und hatte noch einmal Wasser getrunken vor der großen Reise. Er sprang auf den Rücken des Pferdes, drückte ihm die Schenkel in die Seiten und trieb es an. Aber das Pferd rührte sich nicht.

»Erst zur Eile antreiben und dann nicht losreiten wollen. Muss ich dich erst treten?«, fragte Kleiner Mond.

»Komm mir bloß nicht mit deinen Hacken!« Das Pferd legte die Ohren an. »Das Reiselied! Hab ich dir nicht gesagt, du musst das Reiselied singen, bevor ich mich von der Stelle rühre?«

Kleiner Mond ärgerte sich. Und wie zum Trotz benutzte er die Hacken. Aber er sang auch das Lied, erst unsicher und falsch, dann allmählich nach der richtigen Melodie.

Weite Steppe, hoher Himmel,
Wasserstellen am Weg.
Fliegt das Pferd dahin,
Ist das Lager nicht mehr weit.

Steine sprühen kaltes Feuer,
Ein Sandsturm zieht auf.
Vertrau auf dein Pferd.
Es kennt den Weg.

Wohin du zieltest
mit deinen Pfeilen,

Vergeblich war die Jagd.
Jetzt willst du heim.

Wie ein Pfeil dahin
Fliegt das weiße Pferd.
Sterne weisen mir den Weg
Zu den Lagerfeuern.

Kaum war der letzte Ton im Wind verklungen, fiel das Pferd in Galopp. Und in was für einen Galopp! Mit gewaltigen Sätzen ging es, eins, zwei, drei, kopfüber in den Nebel, hinein in das Brodeln und Wabern um sie herum. Und dann, noch ehe der in die Mähne verkrallte Reiter wusste, wie ihm geschah, lösten sie sich von der Erde und erhoben sich schnell wie der Wind in die Luft. Kleiner Mond hing halb betäubt auf dem Pferderücken. Sie waren schon weit, weit oben, als er es wagte, nach unten zu blicken.

Es war alles still. Nicht einmal der Wind rauschte. Und hell war es, so ein Sonnenlicht hatte Kleiner Mond noch nie gesehen. Tief unten lag die Erde: braune Hügel, mattgrüne Steppe und wie Watteböllchen die Nebel in den Biegungen der Flüsse. Weit im Norden war ein weißer Streifen am Horizont, so schmal, dass Kleiner Mond erst allmählich begriff, dass es die Berge waren, von denen es hieß, es läge zwischen ihnen der Heilige See. Im Osten, wo die Sonne glänzte, war ein Meer von Steppen und abgeschliffenen Bergen. Irgendwo dahinter lag China. Das Pferd bewegte sich gleichmäßig und schnell. Es war, als drehte sich die Erde unter ihnen weg. Das Spiel der Farben machte schläfrig.

»Schlaf nicht!«, sagte das Pferd und machte einen Galoppsprung, dass Kleiner Mond fast von seinem Rücken kippte. »Hör gut zu, was ich dir sage: Wenn wir nach Peking kommen, musst du auf der Stelle ...«

»Sieh nur, wie hoch wir fliegen, Pferd! Höher als der Adler! Und siehst du die Steppe: Sie ist wie ein goldenes Tuch und die Berge sind wie die Zelte von Riesen. Ich will gucken und nicht zuhören. Wenn wir ankommen, können wir immer noch überlegen, was zu tun ist.«

»Man kommt nirgendwo an, wenn man nicht vorher überlegt, was zu tun ist. Wenn du nichts weiter willst als fliegen und gucken, kann die Reise dein Leben lang dauern.«

»Du galoppierst wie der Wind. Hojoooh, wie der Wind!« Kleiner Mond war übermütig wie Atlars Männer bei ihren Reiterspielen.

»Wenn das so ist, Junge«, sagte das Pferd und legte die Beine an den Leib, »dann wird das ein kurzer Flug. Ich trage keine Traumtänzer durch die Gegend. Geh du zu Fuß, wenn dir das Denken zu viel ist.« Wütend kurvte das Pferd nach unten, als wären Dünen in der Luft, denen es ausweichen musste.

»Nein, nicht! So hör doch, Pferd! Warum bist du plötzlich so böse? – Au! Du wirfst mich noch ab. Au, nicht!«

Kleiner Mond konnte sich kaum auf dem Rücken halten, so wurde er geschüttelt. Die Erde schaukelte, die Hügel drehten sich, Schatten huschten vorüber und waren wie Schläge gegen die Augen. Kleiner Mond konnte kaum noch atmen. Dann prallten sie gegen einen felsigen Abhang, und Kleiner Mond flog durch die Luft, dass er nur noch Sterne sah.

»Siehst du jetzt, dass es mir ernst ist?« Das Pferd scharrte mit den Hufen. »Ja, befühl nur deine Knochen, ob nichts kaputtgegangen ist. Ich bin nicht für die da, die nicht ernst nehmen, was ich sage. Als du mit mir kommen wolltest, wolltest du mir auch gehorchen.«

»Gar nichts wollte ich!« Kleiner Mond schniefte und verzog das Gesicht. »Blödes Pferd, blödes! Mein Fuß ist verstaucht und meine Hände sind blutig geschürft.«

»Gestern Abend dachte ich, du bist ein kluger kleiner Pferdehirt. Jetzt merke ich, du bist nur ein ungezogener kleiner Kerl auf der Flucht. Es hat keinen Zweck, mit dir nach Peking zu reisen. Es hat keinen

Zweck, obwohl du selber sagst, dass sie dort auf uns warten.« Das Pferd drehte sich um und trabte auf die Steppe hinaus.

Kleiner Mond verzog wieder das Gesicht. »Soll es doch gehen«, dachte er. »Soll es doch laufen bis ans Ende der Welt. Mir ist es gleich.«

Doch bald bekam er es mit der Angst. Er sah den weißen Punkt in der Steppe, der immer kleiner wurde, hörte das Zischeln des Sandes im Steppenwind und sah die eisernen Zähne der Felsen um sich herum. »Was, wenn es mich wirklich hier zurücklässt?«, dachte er. »Hier, am Rand der Steppe, wo es kein Wasser, nichts zu essen und keine Menschen gibt ...«

Kleiner Mond lief, obwohl ihn sein Knöchel schmerzte. »Pferd!«, rief er. »Warte doch!«

Der weiße Punkt wurde kleiner und kleiner. Laufen, er musste laufen! Es ging über Sand und Steine und trockene Stachelbüsche. »Es darf nicht ... Ich schaff es nicht!« Kleiner Mond spürte Seitenstiche. »Verschwindet, Seitenstiche!« Er dachte an China und an die Jadeschale, da war wieder diese kühle Sehnsucht – und plötzlich lag Kleiner Mond der Länge nach auf der Erde, und das Pferd stupste ihn mit dem Maul, und hinter dem Pferd war das Blau des Himmels, schön wie Seide.

»Du hast den richtigen Willen«, sagte das Pferd,

»aber man muss ihn erst aus dir herauskitzeln. Weil du dich mit dir selber nicht auskennst, Kleiner Mond. Steh schon auf, wir müssen weiter! Und fühl mal unter meine Mähne, da ist etwas versteckt für dich.«

Kleiner Mond keuchte noch, aber er klopfte sich schon den Staub aus den Kleidern. Er fuhr mit der Hand unter die Seidenmähne und spürte einen harten Gegenstand. Als Kleiner Mond ihn herauszog, funkelte er wie ein Feuer in seiner Hand.

»Gold! Ein Stück Gold voller Zeichen und Bilder. Was ist das, Pferd?«

»Ein Pass, ausgestellt vom chinesischen Kaiser persönlich. Die Zeichen bedeuten, dass ihn nur Freunde des Sohns des Himmels tragen dürfen. Sohn des Himmels, so nennt man den chinesischen Kaiser. Wo immer du den Pass im riesigen chinesischen Reich vorzeigst, darfst du dich frei bewegen. Du darfst damit in den kaiserlichen Herbergen wohnen, darfst dort umsonst das Pferd wechseln, essen, trinken und schlafen. An den Zollstationen lässt man dich ohne zu fragen passieren, und kein Räuber wagt es, dich auszurauben. So groß, Junge, ist die Macht des chinesischen Kaisers.«

»Woher hast du den Pass?«, fragte Kleiner Mond.

»Der Kaiser selbst gab ihn mir vor langer Zeit. Inzwischen ist der Kaiser so alt, dass er sich bestimmt nicht mehr an mich erinnert. Ja, es ist traurig, dass er unsere Begegnung vergessen hat und so gar nicht mehr an sein Leben als Hirte denkt. Aber eines Tages wird er das Pferd noch einmal wiedersehen wollen ...«

»Du wolltest von Peking erzählen«, sagte Kleiner Mond vorsichtig.

Das Pferd schüttelte die Mähne, als wollte es sagen, all diese Erinnerungen lägen doch schon viel zu weit zurück.

»Wir reisen zum Hof des Kaisers, Kleiner Mond«, sagte es. »Dort musst du mich auf dem schnellsten Weg zum Sohn des Himmels bringen. Die vielen hundert Wächter und Beamte, die ihn umgeben, werden wissen wollen, in welcher Sache du kommst. Sie werden alles versuchen, damit du es ihnen verrätst. Sie haben tausende von Regeln und Vorschriften, womit sie dir Hindernisse in den Weg legen können. Sie können jeden gefangen nehmen und sagen, es geschehe im Namen des Kaisers, obwohl sie aus purer Willkür handeln. Sei also tapfer, Kleiner Mond. Und zeig ihnen den goldenen Pass, sag ihnen, dass du ein Botschafter des Kaisers bist.«

»Aber ich bin nicht sein Botschafter«, sagte Kleiner Mond.

»Du nicht. Aber nach mir hat er in gewisser Weise gesandt, auch wenn er es selber nicht weiß. Ich kenne ihn, Kleiner Mond, wie ich alle kenne, die ich einmal auf dem Rücken getragen habe.«

»Warum sagst du ihnen nicht selbst, dass du ein Freund des Kaisers bist und ihn treffen willst?«

»Weil ich nicht mit allen Menschen rede, und weil die wenigsten verstehen wollen, was ich ihnen sage, darum«, sagte das Pferd. »Und was dich angeht, du darfst niemals jemandem erzählen, dass ich sprechen kann.«

»Also muss ich alles allein machen?«, sagte Kleiner Mond.

»Genau. Es ist *deine* Reise.«

»Und du glaubst, die Beamten des Kaisers werden mir zuhören? Atlars Männer haben mich immer nur ausgelacht und Daumennagel genannt oder Pferdeapfel, weil ich so klein und mickrig bin.«

»Du musst mutig sein und dein Bestes versuchen. Und wenn es so schlimm wird, dass dein Leben nur noch an einem seidenen Faden hängt – auch das kann passieren, Kleiner Mond, denn es gibt viele böse Menschen am kaiserlichen Hof –, dann ruf nach mir mit einem Lied oder einem Gedicht, vielleicht komm ich dir dann helfen. Und jetzt mach endlich voran!« Das Pferd bewegte die Flanken. »Sitz auf, es ist schon später Nachmittag und wir haben noch eine lange Strecke vor uns.«

Weiter ging nun die Reise über die grün und braun

glänzende Steppe, über Hügel und Berge, an deren nördlichen Hängen die Frühlingslärchen leuchteten. Manchmal war die Erde unter ihnen kahl; dort brannte die ewige Sonne auf den glühenden Sand, den der Wind aufwirbelte, und brachte doch nie etwas zum Wachsen. Es war eine Leere, dass einem der Atem stockte. Man spürte die Todeskälte der Wüste und ihren quälenden Durst. Hätte Kleiner Mond die Augen des Adlers besessen, hätte er hier und da die knöchernen Brustkörbe verendeter Kamele gesehen oder Pferdeschädel mit leeren Augenhöhlen.

Die Sonne stand schon im Westen, als Kleiner Mond etwas sah, was sich wie eine Riesenschlange über Hügelkämme, durch Schluchten und Täler schlängelte. Mit seinen Verzweigungen bildete dieses Etwas ein eigentümliches Muster.

»Was ist das?«, fragte Kleiner Mond.

»Die Große Mauer«, sagte das Pferd, »die lange Grenze des chinesischen Reiches. Sie wurde in tausend langen Jahren erbaut.«

»Warum hier, wo niemand wohnt?«

»Für den Krieg, alles für den Krieg. Ein nutzloses Ungetüm. Unzählige Kaiser haben ihre Untertanen ins Grenzgebiet gezwungen zum Steineschleppen. Man sagt, die Mauer ist aus Stein. Aber sie ist auch aus Blut und Schweiß, aus Hunger und Kälte, aus Todesschreien und Knochen gebaut.«

»Warum haben die Menschen sie gebaut, wenn sie davon nur Mühen und Schmerzen hatten?«

»Sie mussten. Solange Menschen glauben, dass sie Grenzen brauchen und fremde Menschen Feinde sind, solange wird ihr Leben nichts sein als dunkle Angst. – Hast du dich nicht auch danach gedrängt, mit Atlars Männern die Pferde des anderen Stammes rauben zu gehen?«

»Ja. Aber nur, weil sie mich einen Feigling genannt haben und ... und ...« Kleiner Mond kam ins Stottern. »Und es war sowieso nur ein Spiel.«

»Ein Spiel. Und dann bekam Tamerluk einen verirrten Pfeil ins Auge, und sein Vater kam mit seinen Männern in der nächsten Nacht, um Atlars Lager zu überfallen, und viele Männer bluteten, und du, Kleiner Mond, lagst im Dunkeln unter dem zerfetzten Zelt und weintest und hattest solche Angst, dass du dich übergeben musstest. – Ein Spiel?«

Kleiner Mond antwortete nicht. Noch die Erinnerung an diese Nacht schnürte ihm die Kehle zu. Er sah die gewaltige Mauer, die mehr als tausend Jahre alt war. Mehr als tausend Jahre – und wie viele Nächte, in denen Zelte brannten und Pferde schrien und Pfeile flogen, die es nicht kümmerte, was sie trafen, ob Männer, Frauen oder Kinder! Erst wurde geschrien und geklagt, dann wurde Rache geschworen und alles fing wieder von vorne an. Kleiner

Mond musste weinen und eine heiße Träne fiel in die weiße Mähne des Pferdes.

Sie flogen lange über der Großen Mauer hin. Die Sonne ging unter und die Wachttürme mit ihren Zinnen färbten sich rot. Wind kam auf, und als die Sonne hinterm Horizont verschwand, war eine schwarze Wolke am Himmel aufgezogen, die die Sterne verdeckte. Das Pferd flog nun tiefer, und Kleiner Mond brauchte nicht nach dem Grund zu fragen, denn auch er spürte den Geruch des Sandsturms in der Nase und das Jucken auf der Haut, das einem Unwetter vorausgeht. Das Pferd flog weiter seinen Weg, doch schon holten die ersten Böen sie ein und bliesen ihnen beißenden Staub in die Augen.

»Lass uns irgendwo Schutz suchen!«, rief Kleiner Mond gegen den Sturm. »Wir ersticken, wenn wir in der Sandwolke bleiben!«

»Nur noch ein Stück, Kleiner Mond!«, rief das Pferd zurück. »Ich weiß einen Platz, wo wir übernachten können. Halt dich gut fest, es wird gleich kurvig!«

Immer weiter tauchten sie ein in die Dunkelheit. Dann ging es nach unten. Da waren Schatten von Felsen, war das Heulen des Windes an den Wänden der Schlucht, waren windgepeitschte Zweige von Bäumen, die man nur ahnen konnte, war der Geruch fließenden Wassers, und endlich stoben die

Funken von den Hufen des Pferdes, als sie hart auf der Erde landeten. Dort ging im schnellen Trab die Reise fort.

Kleiner Mond sah die Felswand erst spät, erschrak, als er den finsteren Höhleneingang sah, dann war nur noch schwarze Nacht um sie herum, Echo und Kälte. Das Pferd hielt an und ließ Kleiner Mond absitzen. Ein Wassertropfen fiel und der Laut war wie eine Explosion.

4

Im Dunkeln ist schwer Feuer machen. Das Eisen will den Feuerstein nicht treffen, und der größte Funke bringt den Zunder nicht zum Glimmen, wenn man die Hand nicht vor den Augen sieht und kaum genug Licht ist, Reisig und Späne zu suchen. Kleiner Mond wurde ungeduldig und seine Hände zitterten. Doch dann pustete das Pferd die Flamme an, in deren Lichtschein er trockene Zweige für eine notdürftige Fackel fand.

Sie waren in einer riesigen Höhle. Hoch ragten die gefurchten Wände auf und glänzten wie frischer Schnee. Darin waren gelbe Flecken und rote, narbige Beulen. Kleiner Mond sah nur bis zur nächsten Wand, doch das Echo sagte ihm, dass die Höhle größer war als jedes Zelt, das er jemals betreten hatte – eine fremde Welt im Herzen eines Berges.

»Wir brauchen mehr Reisig, sonst geht das Feuer aus«, sagte das Pferd und gab Kleiner Mond einen Schubs mit dem Kopf. »Steck mir die Fackel zwischen die Zähne, ich leuchte dir.«

Kleiner Mond verkniff sich das Lachen, als er merkte, wie vorsichtig das Pferd die Fackel hielt und dass es ständig schnaubte, damit es keinen Rauch in die Augen bekam.

»Beweg schon deine Hände und glotz nicht so!«, zischte es. »Wozu hast du die komischen Menschenwerkzeuge? – Oh, oh, meine Mähne! Mach das Feuer aus, bevor es mir die Haare versengt!«

»Keine Angst«, sagte Kleiner Mond. »Ich pass schon auf, dass deinen Löckchen nichts passiert. Den Hals weiter runter, damit ich besser sehen kann! Sei doch nicht so nervös, man braucht vorm Feuer keine Angst zu haben. Komisch, dass du dich davor fürchtest wie irgendein stinknormales Pferdetier.«

Das Pferd legte die Ohren an, als Kleiner Mond das sagte, aber es hielt weiter die Fackel, bis er ein kleines Lagerfeuer angezündet hatte. Das rötliche Licht in der Höhle wurde nun heller und auf den Wänden lag rote Glut. Irgendwo in der Höhe verschwand der Rauch. Durch das Knistern des Feuers hindurch hörte Kleiner Mond Wasser plätschern.

»Du hörst richtig«, sagte das Pferd. »Zwanzig Schritte von hier, dort links, ist eine Felsspalte, darin findest du Wasser. Du kannst es herausschöpfen. Für mich ist der Spalt leider nicht groß genug. Ich werde ein Stück weiter gehen müssen. Hör genau hin, spitz die Ohren und hör auch mit den Füßen: Tief unter uns fließt ein unterirdischer Strom. Nicht weit von hier, oder nein, es ist ein ganzes Stück, da kommt er aus dem Boden. Dahin geh ich mir jetzt die trockene Kehle befeuchten. Du musst nicht mitkommen.«

»Wie willst du den Weg finden im Dunkeln?«, fragte Kleiner Mond, der nicht gern allein an einem Ort bleiben wollte, an dem er jetzt tatsächlich ein fernes Donnern unter den Fußsohlen spürte. Und wie gespenstisch sich die Schatten bewegten! Wenn nur nicht die Geister, die mit den Sandstürmen kamen, in die Höhle fanden!

»Wenn man den Strom fühlt, braucht man kein Licht«, sagte das Pferd. »Und meine Mähne leuchtet auch ein bisschen, wie du weißt. Du hast doch nicht etwa Angst, allein zu bleiben?«

»Natürlich nicht.« Kleiner Mond setzte sich ans Feuer. »Geh nur, ich hab ja Licht und ein Feuer, das mich wärmt.« Er rieb sich mannhaft die Hände. »Nun geh schon, damit du beizeiten zurück bist. Ich esse inzwischen und leg mich schlafen. Sei bitte leise und weck mich nicht auf, wenn du zurückkommst.«

Das Pferd ging.

Es war schön, nach der langen Reise einfach dazusitzen und sich auszuruhen. Kleiner Mond schälte sachte ein Ei, biss ein Stück davon ab und dachte über alles nach, was er gesehen hatte. Die Welt war unglaublich groß. Schon die heimatliche Steppe war ihm unendlich weit vorgekommen und von den Karawanenleuten hatte er Geschichten über die große

Wüste gehört. Aber erst jetzt begann er zu begreifen, dass es noch ganz andere Länder gab. Und Menschen, wie die vielen, die an der Großen Mauer gebaut hatten. Tausend Jahre, wie lange war das eigentlich? Kleiner Mond runzelte die Stirn und sprach mit sich selber.

»Atlar muss bestimmt sechzig Jahre alt sein, denn seine Söhne haben Söhne, die älter sind als ich. Sein Großvater ist vielleicht vor hundert Jahren geboren. Also wurde Atlars Vatersvatersvatersvatersvatersvatersvatersvatersvatersvatersvatersvatersvatersvatersvatersvatersvatersvatersvatersvater ...« Kleiner Mond zählte die Generationen an den Fingern ab, »... geboren, als man die Mauer zu bauen begann. Und vorher muss es einen Kaiser gegeben haben und Fürsten und ihre Gefolgschaft und Bauern und wen nicht noch, die sich die Mauer ausgedacht haben. Und die müssen wieder Eltern gehabt haben ...« Kleiner Mond verschluckte sich an einem Stück Ei, als er an diese ununterbrochene Kette von Menschen dachte, und als er noch weiter dachte, als man überhaupt sehen oder sich vorstellen kann, da wurde ihm ganz schwindlig im Kopf. Vor seinen Augen wimmelte es von immer neuen Menschen, die kamen und gingen wie Sternschnuppen, wie die Funken des Lagerfeuers oder die Sandkörner im Wind. Kleiner Mond legte stöhnend den Kopf in beide Hände.

Er schwankte, denn der Gedanke an die Unendlichkeit tat weh und machte ihm Angst, solche Angst, dass er aufsprang und nach dem Pferd rief.

»Pferd! Fliegendes Pferd!«

Aber das Pferd blieb verschwunden.

Kleiner Mond lief in der Höhle umher und rief immer wieder. Aber nur das Echo antwortete ihm, das Geräusch fallender Tropfen und das Knirschen des Sandes unter seinen Füßen. Schatten huschten vorüber, und aus den Augenwinkeln meinte Kleiner Mond eine Gestalt zu sehen, die sich am Rand des Lichtkreises bewegte. Er drehte sich nach ihr um und rief: »Bist du es, Pferd? He, antworte doch! Wer ist da? Hör doch auf mit dem Quatsch! Hörst du? Du sollst dich zeigen.«

Und dann sah Kleiner Mond die Gestalt ganz deutlich, und er wünschte, er hätte nicht nach ihr gerufen. Das Wesen, das nun im Schein des Feuers stand, war behaart. Sein Pelz war rot wie die Mähne eines Fuchswallachs. Aber es war kein Pferd. Und auch kein anderes Tier, denn es stand, wie ein Mensch, auf zwei Beinen. Es besaß einen gewaltigen Kopf und war viel größer als Kleiner Mond. Seine Arme waren lang und muskulös, die Oberschenkel dick und kräftig. Es stand merkwürdig nach vorn gebeugt. Braune Augen, die tief unter den Brauen lagen, blickten Kleiner Mond an, und als er den

Mund öffnete, kamen gewaltige Zähne zum Vorschein. Doch mehr als vor den Zähnen erschrak Kleiner Mond vor der Keule, die das Wesen in den riesigen Pranken trug.

»Wer . . . wer bist du?«, stammelte Kleiner Mond.

»Korr«, sagte das Wesen.

»Korrrrr. . .rrr«, kam es von den Höhlenwänden zurück.

Kleiner Mond machte einen Schritt rückwärts, näher zum Feuer hin. »Wenn es ein Tier ist«, dachte er, »hat es Angst vorm Feuer. Und auch die Geister sollen die Menschenfeuer meiden. O Pferd, warum hast du mich bloß allein gelassen in dieser schrecklichen Höhle!« Kleiner Mond schluchzte. Dann gaben seine Knie nach und er sank zu Boden.

Kleiner Monds Schluchzen hatte eine seltsame Wirkung auf das Wesen. Es sah aus, als wäre es verlegen. Es trat von einem Bein aufs andere, machte einen Schritt in Richtung Feuer, trat wieder zurück, wiegte ratlos die Keule in den haarigen Pranken und ließ sie schließlich fallen. Dann gab es einen tiefen Laut von sich, der beinahe klang wie eine erstaunte Frage.

Kleiner Mond weinte immer noch. Er verbarg den Kopf zwischen den Knien und merkte nicht, wie das Wesen näher kam mit weichen, vorsichtigen Schritten. Erst als die große Pranke seine Schulter berührte, hob er die Augen und blickte das Wesen an.

Was er sah, war ein Gesicht mit Mund und Nase, nicht Schlund und Schnauze, und aus den Augen sprach eine scheue Angst. Die Pranke, die über den glatten Ärmel seiner Jacke strich, war nicht die Pfote eines Raubtiers, sondern eine große, warme Hand mit Fingern, ungeschickt zwar, aber sanft und freundlich.

»Bist du ... bist du ein Mensch?«, fragte Kleiner Mond.

»Korrr«, sagte das Wesen und hob eine Hand zum Mund. »Mjah«, sagte es. »Mjah-mjah.« Wieder streichelte es Kleiner Mond.

»Verstehst du unsere Sprache?«, fragte Kleiner Mond. Seine Neugier war jetzt so groß, dass er schon beinahe keine Angst mehr hatte.

Das Wesen schüttelte den Kopf und prustete leise. Es legte eine Hand auf Kleiner Monds Lippen, die andere an sein Ohr und prustete wieder. Es war leicht zu verstehen, was es sagen wollte: Es wollte sagen, dass es eine andere Sprache sprach. Kleiner Mond musste lächeln. Das Wesen gestikulierte wie die fremden Karawanenleute mit den krummen Nasen, die sich den Bauch rieben, wenn sie von Atlars Frauen zu essen haben wollten.

Kleiner Mond applaudierte. Er klatschte in die Hände und lachte, dass er vor so einem harmlosen Gast Angst gehabt hatte. Auch der andere klatschte jetzt in die Hände und stieß ein Bellen aus, dem man die Freude anhören konnte. Es schien ihm zu gefallen, wie sie miteinander lachten. Und Kleiner Mond musste plötzlich daran denken, dass ihm das Pferd doch viel fremder war als dieser haarige Mann, der jetzt mit zuckendem Bauch auf den Boden stampfte vor Freude, dass er jemanden seinesgleichen gefunden hatte.

So schloss Kleiner Mond Bekanntschaft mit dem haarigen Mann, den er insgeheim Korr taufte. Sie legten mehr Holz aufs Feuer, und Kleiner Mond sah, wie geschickt Korr die Zweige so aufschichten konnte, dass sie ganz langsam und gleichmäßig brannten und trotzdem stark genug, dass das Feuer sie wärmte. Kleiner Mond bot Korr zu essen an, und Korr aß schmatzend ein Ei, für das er sich viele Male bedankte. Korr untersuchte Kleiner Monds Kleider, befühlte sie mit den Fingern, beschnupperte sie und versuchte herauszufinden, wie sie schmeckten. Wie zum Vergleich kratzte er seinen haarigen Arm. Den Bogen, die Pfeile und die Fangschlinge drehte Korr staunend zwischen den Fingern, und Kleiner Mond erzählte ihm, wie man sie benutzte. Er ahmte den Vogel nach und den Hasen, schilderte die Jagd und erzählte, wie man die Beute zubereitete und aß.

Korr seinerseits stand auf, holte die Keule und hieb mit ihr in die Luft. Er stieß wilde Schreie aus, brüllte dann wie ein Tiger und rannte polternd durch die Höhle. Kleiner Mond begriff, dass auch er von seinen Jagderlebnissen berichtete. Er verstand nur nicht, um welche Beutetiere es ging. Große Tiere mussten es sein, denn groß waren auch Korrs Gesten. Er beschrieb das riesige Geweih des Elchs und den gewaltigen Rachen der Raubkatze mit ihren fürchterlichen Zähnen. Wahrscheinlich übertrieb er, wie alle Jäger übertreiben, wollte er sich selber loben und die Taten seines Stammes; denn dass er nicht allein auf Jagd ging, das verstand Kleiner Mond.

Spät wurden die Flammen des Lagerfeuers kleiner. Da war Kleiner Mond schon unendlich müde. Er musste immer öfter gähnen, und schließlich streckte er sich auf dem Boden aus, um Korr zu zeigen, dass es Zeit zum Schlafen war. Korr wollte auch schlafen, aber nicht allein. Er wollte sich an Kleiner Monds Seite legen und seine haarigen Beine um Kleiner Monds Beine schlingen, um ihn zu wärmen. Und wirklich war es wärmer so in der tiefen Höhle, in der nur noch die matt glühende Kohle glimmte.

Als Kleiner Mond erwachte, war ihm trotzdem kalt. Sein rechtes Ohr war umgeknickt und tat weh; die eingerollte Fangschlinge war ein schlechtes Kopfkissen. Er kratzte sich am Nacken, rieb sich Nase und Augen, und allmählich wurde ihm bewusst, wo er war. Grelles Licht schmerzte in den

Augen, und Kleiner Mond konnte nicht erkennen, wer an dem großen Feuer stand.

»Du musst tief geschlafen haben, du bist noch ganz klebrig vom Honig des Schlafs.« Das Pferd schob einen Zweig ins Feuer. »Geh dein Gesicht waschen, wir müssen los. Und wasch dir auch die Ohren! Wer weiß, vielleicht stehst du heute noch vorm chinesischen Kaiser.«

»Ach, du bist das.« Kleiner Mond reckte sich gähnend. »He, wo ist Korr?«, fragte er und tastete um sich.

»Korr? Hier ist niemand außer dir und mir.«

»Der haarige Mann mit der Keule. Er war den ganzen Abend hier, während du trinken warst. Wir haben viele Stunden gesessen und geredet. Obwohl er ja nicht ganz so reden kann wie wir ...« Kleiner Mond zögerte. »Er hat mir Gesellschaft geleistet, während du dich wer weiß wo herumgetrieben hast. Weil es dir nämlich gleichgültig ist, ob ich allein bin.«

»Du hast geträumt«, sagte das Pferd. »Du warst allein und hast tief geschlafen, als ich zurückkam. Irgendwas hast du vor dich hin gemurmelt, aber das ist kein Wunder. Solche abenteuerlichen Reisen sind anstrengend für kleine Jungen.«

»Nein, ich meine es ernst. Korr hat sogar ein Ei gegessen. Sieh selber, da hat er die Schalen hingeschmissen. Ich weiß noch ganz genau, wie er ...« Kleiner Mond sprach nicht weiter. Denn sosehr er auch suchte, er fand nur seine eigenen Spuren.

Das Pferd stand still am Feuer und schaute lächelnd seinem Treiben zu. Endlich seufzte es, sah Kleiner Mond durchdringend an und sagte langsam und ernst: »Ich glaube, ich weiß, was dir passiert ist. Und ich weiß auch, wo Korr ist. Ich bin mir nur nicht sicher, ob du dich traust, ihn dort zu finden.«

»Wohnt er irgendwo tief in der Höhle? Ich trau mich schon, auch wenn es weit von hier ist. Er war so nett. Er hat mich gewärmt und alles. Lass uns zu ihm gehen. Ich muss ihm wenigstens Auf Wiedersehen sagen.«

»Nimm den Zweig als Fackel«, sagte das Pferd. »Aber mach mir keine Vorwürfe, wenn dir das, was du siehst, nicht gefällt. Korr ist weit von hier, sehr weit.«

Sie gingen tiefer hinein in die Höhle. Kleiner Mond trug die Fackel und hielt sich an der Mähne des Pferdes fest. Ihre Schritte hallten von den Felswänden, Sand knirschte und Wasser tropfte, aber sonst blieb alles still und schwarz. Dann wurde die Höhle enger; sie befanden sich in einem niedrigen Gang.

»Geh du vor, dass mir nicht der ganze Qualm in die Augen kommt«, sagte das Pferd. »Der Weg wird bald wieder breiter. In der nächsten großen Höhle wohnt Korr.«

Das Rauschen des unterirdischen Stroms war hier deutlicher zu hören. Es erinnerte Kleiner Mond an die Geräusche des Lagers. Er schluckte. Auch wenn Korr sehr freundlich war, die anderen seines Stammes mussten deshalb nicht auch nett und freundlich sein. Vielleicht war der Stamm der haarigen Riesen auch böse und unberechenbar. Kleiner Mond hielt die Fackel höher und schritt tapfer weiter. Plötzlich blieb das Pferd stehen und berührte mit dem Maul Kleiner Monds Schulter.

»Hier ist das Lager von Korr und seiner Sippe. Viel ist nicht mehr zu erkennen, aber so viel wirst du vom Spurensuchen verstehen, dass du siehst, weshalb ich dich gewarnt habe.«

Kleiner Mond schwieg. Da gab es nichts zu sagen. Kleiner Mond hatte begriffen, was das Pferd meinte.

Auf dem Boden der Höhle lagen Steine, manche so, wie man sie im Kreis um ein Lagerfeuer legt. Zeichen von Leben gab es nicht. Überall lagen Knochen, viele nahe daran, zu Staub zu zerfallen. Kleiner Mond sah ein Stück Schädel, eine Kinnlade, die Reste eines gespaltenen Schenkelknochens. Neben Knochenfingern lag ein Stück Schiefergestein. Der Stiel von Korrs Keule war im Lauf der Zeit zerfallen; vom Holz war nichts mehr zu sehen.

»Sei nicht traurig«, sagte das Pferd, als es Kleiner Mond schluchzen hörte. »Du hast Korr im Traum gesehen. Und du hast ihn besser gesehen als je ein Mensch vor oder nach dir. Du hast den Menschen gesehen, der vor zehn- oder hunderttausend Jahren in dieser Höhle lebte. Hier hat Korr gejagt und gespielt und seine Nachkommen beschützt. Hier schläft er nun und wartet darauf, dass der Mensch eines Tages begreift, dass er nicht das einzige Wesen auf der Welt ist, das zählt. Eines Tages wird man aus den Überresten seiner Zähne eine lange, lange Geschichte lesen, die von der Einheit aller Wesen erzählt, die je geschaffen wurden. Und du«, das Pferd zupfte Kleiner Mond, der den Kopf gesenkt hatte, sanft an den Nackenhaaren, »du träum ruhig weiter. Im Traum weitet sich das Herz und der neugierige Geist begreift Dinge, die man bei Tag nicht zu erklären braucht. – Komm, wir müssen weiter!«

Das Pferd warf den Kopf zurück und wandte sich zum Gehen. Kleiner Mond aber betrachtete weiter die auf dem Höhlenboden verstreuten Knochen. Endlich seufzte er, machte einen Schritt nach vorn und beugte sich hinunter zu dem verwitterten Schädel. Er strich mit den Fingern über die knochige Stirn und flüsterte: »Auf Wiedersehn, Korr. Ruh dich nur aus.«

Er stand auf, zupfte seine Jacke zurecht und sagte: »Ich bin so weit. Gehen wir nach Peking!«

5

Während der Nacht hatte der Sandsturm nachgelassen, aber überall waren noch die Verwüstungen zu sehen, die er angerichtet hatte. In der Felsenschlucht schwebte feiner Staub, der zwischen den Zähnen knirschte und in der Nase kitzelte. Die Blätter an den Sträuchern waren zerrissen und ein großer Baum war umgestürzt. Kleiner Mond und das Pferd mussten eine Weile suchen, bevor sie eine Stelle fanden, wo das Pferd sich in die Luft erheben konnte. Aber der Himmel war klar, die Sonne leuchtete und bald hatte Kleiner Mond das bedrohliche Dunkel der Höhle und das Flüstern der tanzenden Schatten vergessen. Über immer neue Landschaften ging es nach Osten.

Am Nachmittag lag die große Wüste hinter ihnen. Die Berge waren jetzt bewaldet, und in den Tälern flossen Flüsse, an deren Ufern wilde Obstbäume und Fliederbüsche blühten. Kleiner Mond sah, wie sich die Karawanenstraße durch die Schluchten und auf die Berge schlängelte. In einem Tal lag ein Dorf, ein paar Häuser nur entlang der Straße, die nun immer breiter wurde.

»Wir nähern uns bewohnteren Gegenden«, sagte das Pferd und flog ein Stück tiefer. »Hörst du die Tempelglocken? Auf dem Berg dort muss ein Kloster sein, vielleicht auch nur die Hütte eines Eremiten. Irgendwann werden wir uns übrigens verstecken müssen, damit uns kein übereifriger Soldat oder Jäger mit Pfeilen beschießt. Aber erst flieg ich noch eine Weile, denn in den Wäldern da unten lauert der Tiger. Die Ziegen und Schweine der Dorfbewohner locken ihn an. Er ist gefährlich, der Tiger. Aber am gefährlichsten, Kleiner Mond, sind die Menschen. Vor ihnen nimm dich am meisten in Acht.«

»In Acht, in Acht«, sagte Kleiner Mond. »Soll man sich denn immer und vor allem fürchten?«

»Leider ja«, sagte das Pferd. »Die Welt ist komisch und die Menschen sind nur auf ihren eigenen Vorteil bedacht. Vergiss also nicht, was ich dir sage: Benutz deinen Verstand und vertrau auf den goldenen Pass des Kaisers! Was mich angeht, werde ich mich in nichts mehr einmischen, sobald ich wieder festen Boden unter den Hufen habe. – Halt dich jetzt fest, gleich müssen wir die Himmelsstraßen verlassen. Unter uns sind die Berge, von denen es nur noch eine halbe Stunde nach Peking ist.«

In gefährlich engen Schleifen flog das Pferd nach unten. Kleiner Mond sah bewaldete Hügel, zwischen denen grüne, von Kanälen umrandete Reisfelder glänzten. Straßen wanden sich durch die Felder, an deren Rändern hohe Bäume standen. Inmitten von Obstgärten lagen kleine Dörfer. Der Geruch von Rauch und Schweineställen drang herauf. Und schon hörten sie Glockenläuten und Hufeschlagen – ein Bote des Kaisers ritt im wilden Galopp, an der Spitze seines Speers flatterte die gelbe Fahne. Dicht bei der Straße, über die der Bote ritt, landete das Pferd im Schutz blühender Akazien. Es landete so sicher wie die Taube in ihrem Schlag.

Der erste Mensch, den Kleiner Mond sah, war ein steinalter Mann. Er stand bei seinen Bienenkörben und war so in seine Arbeit vertieft, dass Kleiner Mond ihn zweimal ansprechen musste, bevor er Antwort bekam.

»Werter Herr«, Kleiner Mond machte eine Verbeugung, »werter Herr, könnt Ihr mir sagen, wie ich am besten in die Stadt komme?«

»Stör die Bienen nicht!«, entgegnete der Alte. »Sie mögen keinen Pferdegeruch. Was hat diese eilige Generation nur, dass sie die Ruhe und Ordnung der Dinge nicht begreift. – Was willst du?« Der Alte sah Kleiner Mond unwirsch an.

»Ich muss, bevor es Abend wird, zum Kaiser. Ich bringe ihm das weiße Pferd dort.«

»So, so, du bist in kaiserlichen Angelegenheiten unterwegs«, sagte der Alte. Jetzt war er es, der sich verbeugte.

Kleiner Mond wurde ganz unbehaglich. Wie tief der Alte den Rücken beugte! Dabei hörte man seine rheumatischen Gelenke knacken.

»Lass mich sehen«, fuhr er fort. »Doch, doch, das ist ein außergewöhnliches Pferd. In den kaiserlichen Ställen mögen zehntausend Pferde stehen, aber kaum eines davon dürfte ihm gleichkommen. Es ist wie eine weiße Lotusblüte, wie ein Mondstrahl.«

Prüfend ging der Alte um das Pferd herum, das die Ohren anlegte wie eine gewöhnliche Stute, wenn ein Fremder sie betrachtet. Er strich seinen Bart, blickte Kleiner Mond abschätzend an und fuhr fort: »Reite den Pfad dort entlang. Nach einer Weile kommst du zu einer großen Straße. Sie führt zur Zollstation, dort werden sie dir sagen, wo du hinmusst. Halte die Ohren steif, Junge! Die Wärter sind gemein und hinterlistig. Sie nehmen dir das Pferd weg und sperren dich ein, wenn du deine Worte nicht richtig wählst. O ja, die Welt ist schlecht geworden in letzter Zeit. Der Kaiser ist alt und seine Augen sehen die Schlechtigkeit nicht mehr. Mach nur schnell, der Himmel beschütze dich!«

Kleiner Mond ritt in die Richtung, die ihm der

Alte gewiesen hatte, überquerte die schmale Brücke über einen Bewässerungskanal und erreichte die große Straße.

Was für ein prächtiges Zolltor! Leuchtend rot erhoben sich die lackierten Pfeiler, das Dach glänzte tiefblau und auf dem First krümmten sich die Drachen mit den Feuerrachen. Fünf Wächter erschienen unter dem Tor und spannten ihre Bogen. Es war eine Bewegung wie ein Blitz, der auf ihren polierten Brustpanzern aufleuchtete.

»Ich muss den hohen Herren spielen«, dachte Kleiner Mond. »Sie verstehen weder Vernunft noch Höflichkeit.« Er stieg nicht vom Pferd, sondern rief laut: »Platz für den Botschafter des Kaisers!«

Die Wächter zögerten. Kleiner Mond sah Zorn und Überraschung in ihren Augen. Endlich senkte einer den Bogen und zischte: »Woher? In welcher Angelegenheit?«

Kleiner Mond saß unbeweglich und ließ die Wächter warten. Gleichgültigkeit mimend holte er den goldenen Pass hervor und ließ ihn in der Sonne blinken.

Der Pass tat seine Wirkung. Die Wächter ließen ihre Waffen zu Boden fallen und verneigten sich tief vor Kleiner Mond.

»Herr, wie kann ich Euch dienen?«, fragte der Anführer.

»Ich muss dem Kaiser das Pferd hier bringen. Sagt mir, wie ich am schnellsten zu ihm komme!«

»Ihr müsst zu den kaiserlichen Ställen. Diese Straße führt zum nördlichen Stadttor. Von dort sind es nur ein paar Straßen zum kaiserlichen Palast – doch darf abends niemand mehr in die verbotene Stadt.«

»Mich interessieren nicht die Ställe«, sagte Kleiner Mond. »Ich muss mit dem Pferd zum Kaiser selbst.«

Die Wächter sahen einander an. Nur die ranghöchsten Männer und Minister durften dem Kaiser von Angesicht zu Angesicht gegenübertreten. Irgendetwas stimmte hier nicht. Der Junge log. Überhaupt sah er wie ein Fremdling aus. Aber er besaß den goldenen Pass, und er kam von weit her, das konnte man sehen. Wenn sie einen geheimen Botschafter des Kaisers zurückwiesen, saß ihr Kopf so locker auf den Schultern wie ein Butterrübchen in der Erde.

»Herr«, der Anführer verneigte sich, dass er fast mit der Stirn den Boden berührte, »Ihr habt Glück. Der Kaiser befindet sich auf einem Jagdausflug ganz in der Nähe. Seht Ihr die drei grünen Hügel dort? Das sind die Sommerhügel. Der ganze Hof ist dort, um das sommerliche Wetter zu genießen. Nehmt an der nächsten Kreuzung die Straße rechter Hand und folgt dem Kanal. Es sind dann noch elf Wachstationen und die verborgenen Wachen der kaiserlichen

Leibgarde, aber vielleicht lassen sie Euch passieren. Ihr habt den goldenen Pass.«

Ein Schauer lief Kleiner Mond über den Rücken, als sie das Tor passierten. Das Pferd ging im Trab und Kleiner Mond zählte die Tritte: »Elf-Wach-stationen-elf-Männer-mit-Pfeilen ...«

Es wurde Abend und die Hügel warfen drohende Schatten. »O Pferd!«, dachte Kleiner Mond. »Du willst, dass ich dem Kaiser eine Botschaft überbringe. Aber wenn ich nur wüsste, warum. Vielleicht will es ja der Himmel so ...« Kleiner Mond seufzte und ritt mit klopfendem Herzen weiter.

Elfmal hielten sie ihn auf. Elfmal sagte er ihnen, was seine Aufgabe war, und zeigte den Pass, den nur die Freunde des Kaisers besaßen. Von Wache zu Wache wurden die Männer misstrauischer. Aber der goldene Pass überzeugte noch die Finstersten unter den Wächtern und Kleiner Mond durfte immer weiterreiten.

»Über die Fahle Brücke!«, herrschten sie ihn an. »Und bleib auf der Straße, kleiner Gauner, oder du bekommst einen Pfeil in den Nacken.«

Vor Kleiner Mond lag eine Marmorbrücke im Abendlicht, ein geheimnisvoll glänzender Bogen. Dahinter war das letzte Tor, und noch dahinter, schon im Dunkeln, begann die Straße zum Tal zwischen den Sommerhügeln.

Kleiner Mond war erschöpft; mit Mühe hielt er sich im Sattel. Der Marmor der Brücke war kalt und glatt, die Hufschläge knallten darauf wie Peitschenhiebe. Kleiner Mond hörte es kaum. Da griffen von irgendwoher Hände nach ihm. Er war umringt von Männern mit schwarzen Kapuzen. »Das Kennwort«, flüsterten sie. »Das Kennwort des Kaisers.«

»Ich … das weiße Pferd … zum Kaiser«, stammelte Kleiner Mond.

»Er weiß es«, flüsterte es aus dem Dunkel. »Er weiß, dass heute der Tag des weißen Pferdes ist. Und seht, er hat den goldenen Pass! Hat der Kaiser wegen dir das Kennwort am Morgen ändern lassen?«

»Ich weiß nicht«, sagte Kleiner Mond. »Man hat mich geschickt, dass ich das Pferd zum Kaiser bringe, weiter weiß ich nichts.«

»Wer sind wir«, flüsterte es, »dass wir nach den Plänen des Sohns des Himmels fragen? Wer sind wir, dass wir seine Botschafter ausfragen? Der Kaiser will ihn wahrscheinlich sofort sehen. Macht schnell, wir müssen ihn vorbereiten.«

Bevor Kleiner Mond noch etwas entgegnen konnte, hoben sie ihn vom Pferd. Sie nahmen ihm Bogen und Fangschlinge ab und zogen ihm das Messer aus dem Gürtel. Man reichte ihm eine Tasse Tee und hieß ihn trinken, ordnete ihm die Kleider und kämmte ihm die Haare glatt. Dann packten sie ihn an den Armen, und im Laufschritt ging es vorbei an flackernden Feuern und flatternden Zeltbahnen, an runden, staunenden Gesichtern und Männern in prächtigen Gewändern, bis man ihn auf die Knie zwang.

Kleiner Mond verharrte lange so, das Gesicht ins duftende Gras gepresst. Es kam ihm vor wie eine Ewigkeit. Dann berührte ihn das Maul des Pferdes an der Wange. Er kam zu sich und richtete sich auf.

Kleiner Mond stand vor dem chinesischen Kaiser.

6

Der Kaiser von China, der Sohn des Himmels und Herr des Reichs der Mitte, war ein alter Mann. Er saß wie eine Statue vor seinem Zelt aus gelber Seide, still und starr wie eine Blume im Frost. Die Drachenbanner wehten über dem Zelt. Zu Füßen des Kaisers lag ein Jagdleopard, ein zahmer Storch liebkoste ihm die Schulter und in seinem Schoß saß, schläfrig in die Runde blickend, ein Chow-chow.

»Wie alt er ist!«, dachte Kleiner Mond. »Wie zerbrechlich und allein! Und er ist ja kaum größer als ich.«

Es dauerte lange, bis Kleiner Mond den Blick von dem Herrscher wenden konnte, der saß wie die Meditierenden auf den Bildern der Meister. Da erst sah er den Fremden.

Der große, breitschultrige Mann saß neben dem Kaiser. Er hatte lockiges Haar, das im Schein des Feuers wie Kupfer glänzte, sein Gesicht war weiß, die Nase groß und scharf gebogen, seine Augen schimmerten grün. So etwas Komisches hatte Kleiner Mond noch nie gesehen. Der Mann trug eine leuchtend rote, viel zu kurze Weste; darunter schauten Beine in schwarzen Strümpfen hervor. Irgendjemand hatte Kleiner Mond einmal von den Großnasen aus dem Westen erzählt, den weißen Männern vom Rand der Welt; aber er hätte nie gedacht, dass er jemals einem von ihnen begegnen würde. Der Kaiser musste ein mutiger Mann sein, wenn er so gefährliche Wesen in seiner Nähe duldete.

»Du hast versprochen, uns etwas vorzusingen, Star«, sagte der Kaiser zu dem Fremden. »Sing jetzt, es wird schon Nacht.«

Der Fremde griff nach einem Instrument, das wie ein Kürbis aussah, und Kleiner Mond überlegte, ob er nicht doch nur träumte. Der Kaiser streichelte den Hund in seinem Schoß. Dann begann der Fremde zu singen.

Ein Fisch schnellt empor
Aus des Kaisers stillem Teich.
Ist nicht bald Frühling?

Blaue Eichelhäher lärmen.
Ein Teppich grüner Wasserlinsen
Hat die Ufer des Teichs bedeckt.

Ich sehe einen Turm.
Ein Mädchen steht am Fenster,
Es trägt eine Spange im Haar.

Bald blüht Frühlingsgras.
Aber die Sehnsucht
Wird es mir nicht nehmen
Nach den Olivenbäumen
Und den Lippen des Mädchens
Auf meinem Mund.

Das Lied war zu Ende. In großen Bronzeschalen flackerten die Abendfeuer, und Kleiner Mond sah aus den Augenwinkeln, wie das Pferd den Kopf bewegte.

»Nun, was sagst du zu dem Lied?«, fragte da der Kaiser.

Kleiner Mond spürte, wie das Pferd ihn in die Seite stieß.

»Herr«, sagte er leise, »Euer Gast singt schön.«

»So ist es, kleiner Mann. Er singt schön, der Vogel aus dem Westen.« Der Kaiser hörte auf, den Hund zu streicheln, und öffnete einen großen, schwarzen Fächer. »Aber weißt du, wovon er singt? Verstehst du, was er auf dem Herzen hat?«

»Nein«, sagte Kleiner Mond. »Vielleicht ...« Er stockte und schaute auf seine Stiefelspitzen. Aber hatte der Fremde ihm nicht zugelächelt? Und war nicht etwas Aufforderndes in seinem Blick gewesen, so, als wollte er sagen: »Nur zu, Kleiner Mond, sag es ihm, aber wähle die richtigen Worte!«

Kleiner Mond betrachtete die Hände des Fremden, die den Hals des seltsamen Instruments so fest umklammert hielten, dass die Fingerknöchel weiß hervortraten.

»Herr«, fuhr Kleiner Mond fort, »es ist immer schwer zu sagen, was ein Lied bedeutet. Aber die meisten schönen Lieder sind traurige Lieder. Ich glaube, Euer Gast hat Sehnsucht.«

»Natürlich hat er Sehnsucht«, entgegnete der Kaiser. »Er ist jung und alle jungen Männer sehnen sich nach etwas. Aber wonach sehnt er sich? – Ich will es dir sagen: nach Krieg, Macht und Glanz.«

»Nein, Herr«, sagte Kleiner Mond. »Ich glaube ... das Lied erzählte vom Frühling und von einem Mädchen. Ich glaube, er sehnt sich nach seiner Heimat. Der Fremde hat Heimweh.«

»Heimweh?« Die Stimme des Kaisers klang jetzt kalt und hart. »Wie könnte er es wagen, sich nach seiner Heimat zu sehnen! Habe ich ihn nicht wie einen Sohn behandelt, ihn freier sich in meinem Reich bewegen lassen als je einen Fremden zuvor? Habe ich ihm nicht eine ganze Provinz geschenkt, ihm die größten Gelehrten zur Gesellschaft gegeben? Habe ich ihn nicht Handel treiben und Reichtümer anhäufen lassen, und habe ich es nicht geduldet, dass er von seinem Gott spricht, der nicht der unsere ist? – Warum sollte er sich also nach etwas sehnen, was, wie er selber sagt, eine von Mücken geplagte Stadt an einem schlammig-trüben Meer ist? Hier ist er ein Herrscher über Millionen, zu Hause wäre er nur ein Händler, der täglich seine Münzen zählt.«

»Herr, ich bitte Euch, seid mir nicht böse!« Der Fremde war aufgestanden und verbeugte sich vor dem Kaiser. »Es ist jetzt ein Jahr her, dass Ihr mir versprochen habt, dass die Zeit kommen wird, da Ihr mir erlaubt, in meine Heimat zurückzukehren. Ihr wisst, die Reise dorthin ist lang und gefährlich. Sie kann Jahre dauern. Ich war fast noch ein Kind, als ich hierher kam. Jetzt bin ich ein Mann und will eine Familie gründen. Ich will Kinder haben, denen ich erzählen kann, was ich auf der Welt gesehen habe.«

»Eine Familie kann man überall gründen«, entgegnete der Kaiser. »Warum tust du es nicht hier? In deinen Nachkommen könnte sich die Weisheit des Westens und des Ostens verbinden, obgleich ich gestehen muss, dass ich daran nicht glaube. Ich habe zu meiner Zeit viele Frauen gehabt aus allen Teilen meines Reiches und sie haben mir achtundzwanzig Söhne geboren, aber keiner von ihnen ist besser oder schlechter als die anderen. Mit unseren Kindern ist es wie mit unseren Pfeilen: Wir bestimmen ihre Richtung nur für einen Augenblick. Wie sehr wir uns im Glanz unserer Vorfahren sonnen mögen und wie sehr uns auch die Ehre unserer Nachkommen am Herzen liegt – am Ende bleibt uns doch nur unser eigenes Leben. Bleib hier, Star. Die Welt ist überall dieselbe.«

»Nein, Herr. Ich bin in der Stadt am Meer geboren und ich werde mich immer dahin zurücksehnen. Ich vermisse ihre Kanäle und den Campanile, von dem frühmorgens die Lichter glühen, die den Fischern den Weg in den Hafen weisen. Ich vermisse ihre sandigen Strände, an denen ich angelte und wo wir als Kinder spielten. Ich bitte Euch, lasst mich gehn.«

Gespannt und voller Neugier hatte Kleiner Mond dem Kaiser und dem Fremden zugehört. Er hatte die Augen geschlossen und das ferne Meer gesehen mit den fremden Inseln hinter turmhohen Wellen und den seltsamen Ländern hinterm Horizont, in denen Großnasen in eigenartigen Gewändern lebten. Jetzt öffnete er die Augen und rief: »So lasst ihn doch, Herr! Warum soll er nicht in die wunderbare Stadt im Westen zurück?«

»Nun hört diesen kleinen Mann!« Der Kaiser klopfte sich mit dem zusammengeklappten Fächer gegen die Zähne. »Wie schnell er sich von den Reden eines Reisenden verzaubern lässt! Taucht hier auf wie vom Himmel gefallen, reitet ein weißes Pferd am Tag des weißen Pferdes, und vielleicht – wie heißt du überhaupt, Junge?«

»Kleiner Mond, Herr.«

»Kleiner Mond. Du kommst von weit her, Kleiner Mond. Du trägst die Kleidung, die auch ich trug, als ich noch unter dem Steppenhimmel Pferde hütete. Dein Gesicht gefällt mir, es erinnert mich an ferne Zeiten. Nun gut.« Der Kaiser wandte sich wieder dem Fremden zu: »Einverstanden, Star. Du darfst gehen – aber unter einer Bedingung: Vorher wirst du mir beweisen, dass der Westen wunderbarer ist als der Osten.«

»Aber wie könnte ich das?«, fragte der Fremde.

»Du wirst dich im Wettstreit mit dem Jungen hier messen. Er ist einer meiner niedersten Untertanen – und trotzdem wird er dich schlagen.« Der Kaiser lächelte kaum merklich. Dann fuhr er fort: »In einundzwanzig Tagen ist die Sommersonnenwende, dann werden wir wieder auf den Sommerhügeln sein. Bis dahin bringt mir jeder von euch drei Geschenke. Wenn du, Star, den kleinen Pferdehirten an Erfindungsreichtum übertriffst, wenn deine Geschenke wunderbarer sind als seine, dann bist du frei und kannst gehen, wohin du willst. Und jetzt lasst mich allein. Ich habe die Jugend satt, die aus euren Gesichtern spricht.«

Der Kaiser ließ den Kopf auf die Brust sinken. Sein Gesicht verschloss sich, der schwarze Fächer glitt ihm aus der Hand, und der Jagdleopard knurrte, als wollte er jedermann daran erinnern, dass der alte Mann nicht gestört werden durfte.

»Komm«, sagte der Fremde zu Kleiner Mond. »Ich zeige dir die Schlafplätze für dich und dein Pferd. Und morgen«, er lächelte verträumt, »morgen erzähle ich dir von den Wundern des Westens.«

Kleiner Mond lächelte zurück, und zusammen verschwanden sie im tiefen Schatten zwischen den Zelten, deren Wände sich sacht im Wind bewegten. Lautlos die Hufe ins Gras setzend, folgte ihnen das Pferd.

7

Am nächsten Morgen kehrte die Hofgesellschaft nach Peking zurück. Unzählige Wagen rumpelten über steinige Wege, Pferde wieherten und manchmal ließ des Kaisers Elefant ein zorniges Trompeten hören. Die Letzten in der Karawane hatten eben ihre Sachen gepackt, da ritten die Ersten schon durch das nördliche Tor in die kaiserliche Stadt.

Der Kaiser saß regungslos in seiner Sänfte auf dem Elefanten. Er sah aus wie ein gelber Papagei in einem goldenen Käfig. Rechts von dem Elefanten ritt im Gewand eines Fürsten der Fremde, links von dem Elefanten ritt Kleiner Mond. Er versuchte es den Höflingen nachzutun, die inmitten des Trubels Ruhe und Würde bewahrten; aber immer wieder musste er im Galopp nach vorne preschen, weil es Neues und Aufregendes zu sehen gab. Wohin er auch schaute, er entdeckte immer neue prächtige Gewänder, flatternde Fahnen und gewaltige Türme. Rote Mauern ragten höher auf, als er es je für möglich gehalten hätte. Marmorne Brücken und Torbögen glänzten im Sonnenlicht und von den Hügeln überblickte man ein Meer von gelben Ziegeldächern. Leuchtend blaue Kachelbänder zierten die Häuser und vor den Portalen saßen Bronzelöwen mit aufgerissenen Mäulern.

In den Mauern des Palastes dann eilten geschäftig die Diener und Höflinge hin und her, ritten Soldaten, und überall sah Kleiner Mond Menschen, die aus fernen Ländern kommen mussten. Unter uralten Lärchen stolzierten prächtige Pfauen, und Störche tanzten anmutig auf dem Rasen, durch den Wege von glänzenden Kacheln führten. Gewaltige Trommeln verkündeten die Ankunft des Kaisers, und Kleiner Mond fragte sich, wie die Ohren des stillen, alten Mannes das Donnern ertragen mochten. Doch da hob der Kaiser die Hand und das Trommeln und alles Stimmengewirr verstummten. Die Menschen ringsum fielen auf die Knie und pressten die Gesichter in den Staub, so gehorchten alle dem Kaiser. Nur die Störche tanzten ungerührt.

»Kleiner Mond, du zugelaufener Pferdehirt«, sagte der Kaiser in gespieltem Zorn. »Schau, wie sich alle vor mir fürchten. Nur die Störche dort sind frei. Die Menschen pressen ihre Gesichter in den Staub, und gib zu, Kleiner Mond, auch du hast Angst vor mir und fürchtest dich vor meiner Macht. Sieh nur die Vögel, sie kommen und gehen, wie es ihnen gefällt, und nichts hält sie gefangen – nicht einmal die Lüge, mit der meine Tierpfleger sie gezähmt haben. Auch du sollst frei sein, Kleiner Mond, frei wie ein Vogel. Bleib ein Pferdehirt, Junge! Und besiege den Star, damit er bei mir bleibt, denn seine Augen sind grün wie das Meer und genauso unbeugsam.«

»Aber Herr, wie kann ich ihn besiegen, der so viel gesehen hat?«, wagte Kleiner Mond zu fragen.

»Du kannst, weil du musst!« Für einen Augenblick sah der Kaiser so zornig aus, dass es leicht war, sich ihn als einen grausamen Krieger vorzustellen. Doch schon hatte er sich wieder in der Gewalt. »Tu es meinetwegen«, fuhr er fort. »Und glaube einem alten Mann. Ein Herrscher muss jemanden um sich haben, der nicht vor ihm in den Staub fällt. Man muss von Zeit zu Zeit der Furchtlosigkeit begegnen, damit man selber das Fürchten nicht verlernt. Ein Herrscher braucht die Furcht, wenn vor nichts anderem, dann vor der eigenen Macht. – Und nun geh! Zur Sommersonnenwende erwarte ich deine Geschenke.«

»Aber Herr . . .«

». . . ich kann nicht«, wollte Kleiner Mond sagen. Aber der Kaiser hatte sich schon von ihm abgewandt, und Höflinge umschwirrten ihn, eine lebendige schwarze Seidenmauer, von aufgestickten Drachen bewacht.

Kleiner Mond senkte den Kopf. Dann ging er zu den Ställen, wo der Stallmeister ihm einen Platz zuwies. Der Meister und die Knechte waren höflich, aber kühl, und die Jungknechte machten hinter seinem Rücken verächtliche Zeichen. Kleiner Mond war es, als ob alle nur schwiegen, weil er unter dem Schutz des Kaisers stand, und er spürte ihre heimliche Angst. Um ihn war eine Stille wie auf dem Grund eines Sees. Kleiner Mond hätte sie gern gebrochen, aber auch er blieb stumm. Er striegelte das Pferd und gab ihm Futter und Wasser. Dann aß er selbst und versuchte zaghaft, mit den Männern ins Gespräch zu kommen. Aber sie gaben nur einsilbig Antwort. Kleiner Mond hatte Mühe, das Zittern seiner Hände zu verbergen. Tränen stiegen ihm in die Augen, aber die Männer sollten sie nicht sehen. Er wollte über die Aufgabe nachdenken, die ihm der Kaiser gestellt hatte, und konnte es nicht.

Es wurde Abend, und Kleiner Mond wusste nicht, wohin der Tag so schnell verschwunden war. Es wurde Nacht; aber Kleiner Mond konnte nicht schlafen und geisterte wie ein kleines, trauriges Gespenst durch das Labyrinth der Höfe und Gärten des kaiserlichen Palasts. Schwer beugten sich die Torbögen und Portale über ihn. Die Sichel des Mondes ging fahl über den Himmel und aus der Nacht wurde ein kühler Morgen. Da hatte sich Kleiner Mond längst verlaufen.

Wo war er? Ängstlich durchquerte er immer neue

Höfe voller Statuen, die ihm Grimassen schnitten, und Teufelsfratzen auf prächtigen Türen. Er hastete über Brücken und das Echo seiner Schritte hallte von den Wänden.

»Ich brauche keine Angst zu haben«, sagte er sich. »Reiß dich doch zusammen, Kleiner Mond! Du bist ein Pferdehirt, und auch der Kaiser ist einmal Pferdehirt gewesen, wie er sagt. Wenn er dir vertraut, darfst du ihn nicht enttäuschen. Und jetzt geh endlich schlafen, bevor du noch dein bisschen Verstand verlierst.«

Aber es war nicht leicht, zum Stall zurückzufinden. Im Morgengrauen sahen alle Mauern gleich aus, lagen alle Höfe gleich öde und still. Da hörte Kleiner Mond ein leises Wiehern. Er lauschte und wieder hörte er den vertrauten Ton. Das Pferd wies ihm die Richtung.

Kleiner Mond wollte laufen. Doch im selben Augenblick hörte er Waffengeklirr und die Schritte marschierender Soldaten. Ein barscher Befehl hallte durch die Stille, und Kleiner Mond wusste, er galt ihm. Er musste sich verstecken. Er blickte um sich und sah ein kleines Tor in einer hohen Mauer. Die Soldaten kamen immer näher. Kleiner Mond öffnete das Tor und schlüpfte schnell hindurch. Er befand sich in einem Garten.

Mitten in dem Garten war ein Teich, dessen Wasser kaum zu sehen war vor Lotusblättern. Die Blüten des Lotus schliefen noch, aber ihr Duft erfüllte schon die feuchte Luft des Morgens. Kiefernäste wuchsen wie Dächer über die Ufer und aus den papierenen Fenstern eines Pavillons drang sanftes Licht. Im Schatten, den der Lichtschein nicht erreichte, stand das Pferd.

Kleiner Mond wollte etwas sagen, als er es von der anderen Seite der Mauer flüstern hörte.

»Hier ist niemand, Zung. Und das Tor ist verriegelt. Der Alkohol von gestern Abend vernebelt dir noch den Kopf und deine Augen spielen dir Streiche. Wer würde es auch wagen, die Ruhe der Prinzessin zu stören.«

Kleiner Mond spürte sein Herz klopfen. Die Ruhe der Prinzessin. Auch wenn er sich mit dem Leben am Hof nicht auskannte, soviel wusste er doch, dass die kaiserlichen Frauen streng bewacht wurden. Nur an sie zu denken, war schon ein Verbrechen, hieß es. Was würde erst geschehen, wenn man ihn in der Nähe der Prinzessin fand.

»Ich bin wie vom Pech verfolgt«, dachte Kleiner Mond. »Und daran ist nur dieses Pferd schuld. Möchte mal wissen, wie es überhaupt aus dem Stall herausgekommen ist. Na, ich werd ihm gleich . . .«

In seinem Zorn vergaß Kleiner Mond, wo er war und dass er sich still verhalten musste. Er lief über

Steinplatten hin zu dem Pferd. Viel zu laut klackten seine Schritte, doch plötzlich hielt er inne. Aus dem Pavillon kamen die Klänge eines Zupfinstruments und süßer Gesang.

Die Nacht verbirgt, was geschah.
Die Berge stehen kalt und stumm.
Ein Pfad führt durch den Zauberwald.
Vögel flattern in den Bäumen.

Was lacht die blaue Elster?
Was tanzt der graue Storch?
Die klugen Dohlen bleiben
In ihren Höhlen unter den Dächern.

Wen trägt der Wind?
Wen führt die Brücke her?
Wer schwebt wie eine Wolke
Heimlich ins Land?

Als das Lied zu Ende war, stand Kleiner Mond wie verzaubert. Dann ging er die letzten Schritte zum Pferd und summte wie im Traum die Melodie.

»Ich wusste, es war richtig, herzukommen«, sagte das Pferd.

»Wie-wieso sprichst du? Du hast doch gesagt ...«

»Pssst, kleiner Bruder! Es ist die Poesie, die mich

zum Sprechen bringt – weil sie mir das Herz öffnet, und wenn du das nicht verstehst, bist du dümmer, als ich dachte. Still jetzt, vielleicht singt sie weiter!«

Hinter einem der Papierfenster bewegte sich ein Schatten und eine Stimme rief: »Soll ich die Lichter löschen? Die Sonne geht auf.«

»Tu das, Zimtblüte, und öffne auch das Fenster. Vielleicht lassen mich die Düfte des Morgens endlich ruhig schlafen. Oder nein, sing du jetzt! Sing mir etwas Fröhliches, damit ich die bösen Träume vergesse.«

»Ach, liebste Prinzessin! Warum nur macht Ihr Euch immer unnötige Sorgen. Wenn Ihr mich fragt: Es geht Euch zu gut, wenn Ihr nichts zu fürchten habt als Eure Träume.« Die Dienerin lachte, dann begann auch sie zu singen.

Lass die Trauer nicht in dein Herz.
Träum nicht den Traum von gestern.
Denn der Morgen ist seidenweiß,
Blasse Prinzessin.

Drei Weise fragten sich,
Was braucht der Mensch,
Was ist das ewig glücksbringende
Höchste Gut?

Und sie fanden drei Wunder,
Die bleiben:
Die Blume, die immer wächst,
Den Willen, der sich selbst beherrscht,
Und die Pflanze des langen Lebens.

»Ich wusste, es war richtig, herzukommen«, sagte das Pferd wieder. »Hast du gehört, Kleiner Mond? Das war die Antwort auf alle deine Fragen.«

»Wieso? Sie hat von nichts weiter gesungen als von uralten Weisheiten. Wie sollten die mir Antwort geben?«

»Nun stell dich bitte nicht noch dümmer, als du bist. Uralte Weisheiten *sind* Antworten, man muss sie nur verstehen. Das Mädchen hat von deinen Geschenken gesungen.«

»Märchen waren's, von denen sie gesungen hat«, sagte Kleiner Mond. »Die immerwachsende Blume, der sich selbst beherrschende Wille und die Pflanze des langen Lebens – was sind das anderes als schöne Bilder?«

»Schöne Bilder, aha. Und woher weißt du das?«, fragte das Pferd. »Vor ein paar Tagen noch, war da nicht die Stadt des Kaisers auch nur ein schönes Bild für dich? Und als Atlar nach der Feuerkrone schoss, sahst du da nicht schon den Pfeil in deinem Hals? War *das* nicht ein Trugbild? Ich will dir sagen, was dein Problem ist, Kleiner Mond: Du hast immer entweder zu viel oder zu wenig Vertrauen. Du glaubst entweder zu viel oder zu wenig. Aber behalte nur deine Pferdehirtenvernunft, die dir sagt, dass man an Luftschlösser nicht glauben soll. Ich sage dir nur, dass auch in der Wüste manchmal Quellen aufbrechen und Wasser fließen, wo sie gestern noch nicht geflossen sind.«

»Der Kaiser scheint von Pferdehirten nicht so schlecht zu denken«, sagte Kleiner Mond trotzig. »Oder würde er mich sonst gegen den Fremden antreten lassen?«

»Der Kaiser!«, schnaubte das Pferd. »Mehr als jeder andere hat er an Träume geglaubt. Aber seine Träume waren nicht immer gut und er wurde der Gefangene seiner Angst. Dir vertraut er, weil er weiß, dass deine klaren Augen bessere Bilder sehen. Und er erkennt in dir seine Jugend wieder. Du erinnerst ihn an die Zeit, als er noch auf meinem Rücken saß.«

Kleiner Mond sah wieder die Augen und das Gesicht des Kaisers vor sich und versuchte darin zu lesen. Dann seufzte er und gab dem Pferd einen Klaps.

»Na schön. Aber wenn du so viel weißt, Pferd, weißt du dann auch, wo ich die drei Geschenke suchen soll? Auf dem Pekinger Markt wird man sie kaum kaufen können.«

»Ich weiß, was du willst, dass ich wissen soll«, antwortete das Pferd.

Kleiner Mond griff ihm in die Mähne und überlegte.

»Die immerwachsende Blume ...« sagte er. »Wenn es sie irgendwo gibt, muss es im Süden sein, wo die Winter nicht so kalt und die Sommer nicht so heiß sind. Und der sich selbst beherrschende Wille, davon hat auch Badruk einmal erzählt. Es sollen Männer leben weit hinter dem Rand der Welt, die über Feuer laufen und in Schlafträume versinken, die so tief sein sollen wie der Tod. So einen Mann könnten wir finden. Aber die Pflanze des langen Lebens – nein, die werden wir unmöglich finden. Nur der Himmel bestimmt über das Alter von uns Menschen.«

»Zwei Geschenke von dreien«, sagte das Pferd. »Das ist doch gar nicht schlecht. Steig auf, kleiner Bruder, ich bringe dich nach Süden. Vielleicht kommst du unterwegs auf das dritte Geschenk. Das Fliegen macht den Kopf und die Gedanken klar. Hier unten ist man immer viel zu sehr mit dem Gewöhnlichen befasst.«

»Fliegen?« Kleiner Mond runzelte die Stirn. »Natürlich, du hast Recht, so geht es viel schneller. – Aber ist es fair dem Star gegenüber, wenn ich deine Hilfe in Anspruch nehme?«

»Der Osten gegen den Westen, der Westen gegen den Osten, hat der Sohn des Himmels gesagt. Und bestimmt hat er auch nichts dagegen, wenn der Star den Einfallsreichtum seiner großen Gefolgschaft in Anspruch nimmt. Sei also unbesorgt, die Spielregeln sind klar. Nun mach schon, steig auf!«

Da sprang Kleiner Mond auf den Rücken des Pferdes, und das Pferd trabte über die Steinplatten los, dass die Hufe klapperten.

»Leise!«, flüsterte Kleiner Mond. »Mach doch nicht so einen Lärm! Die Prinzessin ist wahrscheinlich eingeschlafen und wir wollen sie nicht stören.«

»Du bist ein aufmerksamer Junge«, lachte das Pferd. »Ich hoffe wirklich sehr, dass du die Geschenke findest.«

»Schließlich haben sie mir mit ihren Liedern geholfen«, flüsterte Kleiner Mond. »Das heißt, wenn du Recht hast mit dem, was du über die Geschenke sagst. Aber natürlich hast *du* mich in den Garten der Prinzessin gerufen, und du wirst wissen, warum. Du bist schlau. Wie kommt es, dass du so schlau bist?«

»Du hast drei Antworten frei«, lachte das Pferd. Dann sprang es hoch in die Luft, flog über die Mauer und über die Dächer des Palasts, und sein wieherndes Lachen hörte erst auf, als Peking ein kleiner grauroter Fleck weit unter ihnen war.

8

Viele Tage flogen sie über China hin. Grüne und gelbe Ebenen breiteten sich unter ihnen aus und Gebirge erhoben sich in sanften Hügeln, scharfen Zinnen und steil aufragenden schwarzen Felsen. Ströme wanden sich wie Riesenschlangen und Straßen zeichneten Netze zwischen Dörfern und Städten und Linien von Herberge zu Herberge. Solange es über bewohnte Gegenden ging, flog das Pferd so hoch, dass die Menschen so klein wie Ameisen aussahen.

Wenn die Abenddämmerung kam, landeten sie am Rand irgendeines kleinen Dorfes, das an ihrem Weg lag, und Kleiner Mond ging das Abendessen besorgen. Er hätte gern nur etwas Wurzelgemüse oder Obst stibitzt, vielleicht auch Brotfladen aus dem Korb irgendeines Händlers, aber das Pferd erlaubte es nicht. Kleiner Mond musste zu den Dorfältesten gehen und erklären, dass er des Kaisers Bote sei, musste sich bewirten lassen und auch dort vor vollen Reisschüsseln sitzen, wo offensichtlich war, dass man sich nur aus Angst vor ihm verbeugte, und hungrige, feindselige Augen ihn musterten.

»Hör zu, Pferd«, sagte Kleiner Mond am Abend

des fünften Tages, als sie schon gelandet waren und sich den flackernden Lichtern eines Dorfes näherten. »Ich mach das Theater nicht mehr mit. Ich bin kein vornehmer Herr und will keiner sein. Diese Menschen sind arm, manche sind krank und haben nur Lumpen auf dem Leib, und trotzdem geben sie mir vom Besten, was sie haben, nur weil ich den goldenen Pass des Kaisers vorzeigen kann. Der Dorfälteste gestern war ein Schurke, und trotzdem verbeugte er sich vor mir bis auf den Boden, dabei hätte er mir lieber einen Tritt in den Hintern gegeben.« Kleiner Mond schwieg einen Augenblick und biss sich auf die Lippen. »Ich glaube, sie hassen mich, Pferd.«

»Dich hassen sie nicht, Kleiner Mond. Warum sollten sie einen kleinen Jungen hassen?«

»Dann eben den Kaiser«, sagte Kleiner Mond. »Und ich will nicht, dass man ihn hasst. Er ist so alt und ernst. Hass, das ist, als ob überall Schlangen wären, und ich kann dann nicht essen. Die ganze Zeit starren sie mich an und ich spüre so ein Ziehen im Bauch.«

»Sag mir eins, Junge ...« Das Pferd blieb stehen und blähte die Nüstern. »Hast du eigentlich Atlar geliebt?«

»Atlar? Nein! Er hat mich immer nur herumkommandiert und geschlagen. Aber ich hab ihn auch nicht gehasst. Manchmal, wenn er gute Laune hatte, hat er allen Geschenke gemacht, und uns Jungen hat er Reiterkunststücke beigebracht. Er war nur jähzornig, darum musste man immer Angst vor ihm haben.«

»Und wie war es in der Nacht, als er dich fast umgebracht hätte?«

»Da bin ich weggelaufen.«

»Siehst du«, sagte das Pferd. »Und nun hör gut zu: So, wie es dir damals ging, so geht es den Leuten in den Dörfern. Auch sie können es nicht mehr aushalten – aber *sie* können auch nicht weglaufen. Und weil sie nicht weglaufen können, hassen sie.«

»Aber der Kaiser tut ihnen doch nichts.«

»Der Kaiser nicht, nein. Aber er befiehlt den Provinzgouverneuren, und die Provinzgouverneure befehlen den Bezirksvorstehern, und die Bezirksvorsteher befehlen den Steuereinnehmern, und die Steuereinnehmer befehlen den Dorfältesten und bestrafen sie, wenn sie ihnen nicht genug Getreide, Früchte und Seide abliefern. Dann schlagen die Dorfältesten die Bauern, und die Bauern schlagen ihre Kinder oder, wenn sie keine haben, ihren Hund.«

»Aber warum macht der Kaiser dem kein Ende?«

»Weil er nichts weiß oder nichts wissen will und niemand da ist, der ihm erzählt, was in den Dörfern vor sich geht.«

»Warum nicht? – *Ich* werde es ihm erzählen, wenn wir zurück sind.«

»Wir werden sehen«, sagte das Pferd. »Aber was bist du nur für ein Einfaltspinsel! Da fürchten sich die Menschen tausende von Meilen von Peking entfernt vor dir, nur weil du den kaiserlichen Pass besitzt, und du wunderst dich, dass es denselben Menschen nicht in den Sinn kommt, zum Kaiser zu gehen, um sich zu beschweren. Er lebt zu weit von ihnen hinter zu vielen Mauern, Junge. Und die erste Mauer heißt Angst, die zweite Hass, die dritte Macht und die vierte ...«

Aber wie die vierte Mauer hieß, konnte Kleiner Mond nicht mehr verstehen. Denn plötzlich war es, als ob der Himmel explodierte, und ein gewaltiger Blitz schlug in ein Wäldchen nicht weit von ihnen. Bevor die Reisenden noch wussten, wie ihnen geschah, kamen wahre Sturzbäche vom Himmel. Die Straße, auf der sie gingen, war im Nu ein Strom aus Schlamm und Wasser.

Kleiner Mond, der abgesessen war, rutschte aus und fiel aufs Gesicht. Als er sich erhob, hatte er Mund und Augen voller Lehm. Er spuckte und räusperte sich und rief, wild mit den Armen fuchtelnd, nach dem Pferd. Aber sein Geschrei ging unter im Geheul des Windes und im Rauschen des aus schwarzen Wolken stürzenden Regens. Immer wieder zuckten Blitze, und Kleiner Mond hörte, wie Bäume stürzten. Noch einmal fiel er und rappelte sich wieder auf, dann traf ihn ein Ast am Hinterkopf und um ihn war nur noch schwarze Nacht.

Als er die Augen wieder aufschlug, glaubte er zu träumen. War er wieder in Korrs Welt geraten?

Drei braunschwarze, haarige Wesen hockten vor ihm in einem kahlen Raum. Sie saßen auf großen Trommeln, und einer, so schien es, hatte Kleiner Mond mit einem Trommelschlag geweckt, denn die Silberglöckchen an seiner Trommel bewegten sich noch. Kleiner Mond hob den Kopf und ließ ihn sofort wieder sinken. Sein Nacken schmerzte und die Welt um ihn begann zu schwanken. Er tastete nach seinem Hinterkopf und fand unter den Haaren eine schmerzende Beule.

»Was ist bloß passiert?«, dachte Kleiner Mond. »Wo bin ich und was für komische Wesen sind das? Sie sehen ein bisschen aus wie Korr, aber der lebte vor langer, langer Zeit, sagt das Pferd.«

Sein Hals fühlte sich ganz trocken an, und seine Stimme war kaum zu hören, als er fragte: »Wer seid ihr?«

Aber die Wesen antworteten nicht. Sie gestikulierten nur mit den Händen und schnitten Grimassen. Dann saßen sie wie auf Befehl völlig regungslos auf ihren Trommeln, eins die Hände auf den Ohren, eins die Hände vor den Augen und das dritte die Hände vor dem Mund. Hinter Kleiner Mond aber wurde eine Tür geöffnet, ohne dass er es merkte.

»Na, wie geht's uns inzwischen?«, kreischte eine schrille Stimme in Kleiner Monds Ohr.

Und schon wieder erschrak er fast zu Tode. Da stand, kaum einen Schritt von ihm entfernt, ein leibhaftiger Teufel. Er war kaum höher als Kleiner Monds Arm von den Fingerspitzen bis zum Ellbogen gemessen, aber fast genauso breit. Sein Gesicht lag in tausend Falten und Furchen, die Haare standen in kleinen grauen Büscheln über den viel zu großen Ohren. Noch nie im Leben hatte Kleiner Mond etwas so Hässliches gesehen. Es war, als hätte man einen langarmigen Ringkämpfer mit einem Keulenschlag zusammengestaucht. Der Teufel war eine erstaunlich lächerliche Gestalt, aber seine Augen waren schrecklich: Zwei glühende Kohlen sprühten feurige Blitze.

»Na, kleiner Mann«, kreischte das Teufelchen mit seiner schrillen Stimme, »sehen wir wieder klarer? Du hast einen ordentlichen Schlag auf den Kopf bekommen, aber deine Augen sind schon wieder voller Leben und bald wirst du aufstehen können. Nur deine Nasenspitze ist mir noch ein bisschen weiß. – Honigbällchen!«, kreischte das Teufelchen. »Bring deinen Kräutertrank! Hörst du, Honigbällchen?! Er ist aufgewacht.«

Kleiner Mond wich ängstlich vor dem schrillen Wesen zurück. Da erschien eine Riesengestalt in der Tür, dick wie ein Berg und größer als ein Ochse, eine Frau mit gewaltigen Armen, in deren fleischiger Hand eine Teetasse verschwand wie ein Spatzenei.

»Nicht!«, schrie Kleiner Mond. »Ich bin Kleiner Mond, ein Bote des Kaisers, und habe den goldenen Pass. Geht weg! Lasst mich in Frieden!«

»So, so«, sagte die Riesenfrau. »Der kleine Herr hat einen Pass, das ist typisch. Hast du dummer Borkenzwerg ihm nicht gesagt, wer wir sind?«

Kleiner Mond wich wieder ein Stück zurück.

»Schon gut, Junge«, fuhr die Riesenfrau fort. »Du musst keine Angst vor uns haben. Der Borkenzwerg ist ungefährlich, er ist nur der ehrwürdige Direktor des Zirkus Himmlischer Drache, und ich bin seine Schwester Honigbällchen, Messerwerferin, wenn's genehm ist. So, so, und du bist ein Bote des Kaisers ... Mir scheint, du bist immer noch nicht richtig im Kopf. Aber du hast auch gar nicht gut ausgesehen, als wir dich gestern Nacht am Wegrand aufgelesen haben. Es sind schon Menschen von kleineren Ästen erschlagen worden. Ein Sturm war das, als hätten zehntausend Teufel ein Fest gefeiert. So, und nun trink brav von Honigbällchens Medizin, sie wird dir helfen.«

Die Riesenfrau beugte sich zu Kleiner Mond herunter, packte mit der freien Hand seinen Kopf und hielt ihm die Tasse an die Lippen.

Erst schmeckte der klebrige Trank abscheulich nach starken Kräutern. Doch schon nach dem zweiten Schluck spürte Kleiner Mond, wie ihm eine wohlige Wärme den Rücken hinauf und in den Kopf stieg. Als die Tasse leer war, konnte er schon wieder denken, und langsam kehrte auch sein Mut zurück. Honigbällchen und der Borkenzwerg nahmen klare Gestalt an und wurden menschenähnlich trotz ihres komischen Äußeren.

»Sie können keine Feinde sein, sonst hätten sie mich nicht gepflegt«, dachte Kleiner Mond bei sich. Und laut sagte er: »Danke! Danke für die gute Medizin und dass ihr mich gerettet habt. Was ist eigentlich passiert? Wo ist das Pferd?«

»Das Pferd?« Honigbällchen sah den Borkenzwerg fragend an. »Hast du ein Pferd gesehen?«

Der Borkenzwerg schüttelte den Kopf.

»Er hat kein Pferd gesehen«, fuhr Honigbällchen fort. »Es muss in den Wald gelaufen sein – wenn es nicht als Kadaver im Fluss schwimmt, der bei dem scheußlichen Unwetter über die Ufer getreten ist.«

»Nein, bestimmt nicht«, sagte Kleiner Mond fest. »Das Pferd kann nicht ertrinken. Es kann fliegen und ein Hochwasser kann ihm nichts ...« Kleiner Mond verstummte. Am liebsten hätte er sich die Zunge abgebissen. Hatte ihm das Pferd nicht verboten, sein Geheimnis preiszugeben? Und jetzt plauderte er es vor wildfremden Leuten aus.

»Aha, fliegen«, kreischte der Borkenzwerg und kratzte sich den Kopf. »Die Sorte Reisender bist du also. Reist auf einem fliegenden Pferd – und wie sieht das aus, wenn ich fragen darf?«

»Weiß«, sagte Kleiner Mond widerwillig, »weiß mit einem silbernen Schweif. Und manchmal leuchtet seine Mähne im Dunkeln. Es ist mein Reisegefährte und ...« Wieder verstummte Kleiner Mond. Er hatte schon viel zu viel verraten, und dass das Pferd sprechen konnte, durfte er auf keinen Fall preisgeben, denn dann würde es nie mehr zu ihm zurückkehren und alles wäre verloren.

»In was für Angelegenheiten seid ihr unterwegs, du und dein Pferd?«, fragte Honigbällchen und zauberte ein süßliches Lächeln auf ihr riesiges Gesicht.

»Der Kaiser hat mich losgeschickt, ich soll ihm drei Geschenke bringen, die beweisen, dass der Osten dem Westen überlegen ist«, antwortete Kleiner Mond. »Es ist ein Wettstreit mit einem langnasigen Fremden aus dem Westen. Star nennen sie ihn und der Kaiser hat ihn aus Freundschaft zum Gouverneur gemacht. Vielleicht habt ihr von ihm gehört?«

»Haben wir«, sagte Honigbällchen. »Letztes Jahr,

am Tag, an dem man die Gräber schmückt, hatten wir die Ehre, vor ihm aufzutreten. Nicht einen seiner Diener wollte er uns überlassen, obwohl wir ihm unser bestes Programm vorgeführt haben. Ein Geizhals ist er und starrköpfig dazu. Ein Wunder, dass der Kaiser ihn behandelt wie seinen eigenen Sohn.«

»Das stimmt nicht, was du sagst«, entgegnete Kleiner Mond zornig. »Er ist ein mutiger Mann und hat vor nichts und niemand auf der Welt Angst, darum will der Kaiser ihn um sich haben.«

»Und genau darum will der dritte Prinz ihn ...«

»Halt den Mund und bring den Jungen nicht noch mehr durcheinander!«, kreischte der Zwerg. Seine Augenbrauen zuckten und seine Schwester verstand.

Aber auch Kleiner Mond hatte verstanden. Da war etwas, was er nicht wissen sollte. Er nahm sich vor, auf der Hut zu sein. Zwar beantwortete er weiter die Fragen, die das merkwürdige Geschwisterpaar ihm stellte; aber er gab nur wenig preis von dem, was er im kaiserlichen Palast gesehen und erlebt hatte. Und er erzählte nicht, was es für Geschenke waren, die er dem Kaiser bringen wollte, nur dass er den Wettstreit gewinnen würde, weil es in China schönere Dinge gab, als ein Mann des Westens sich auch nur träumen ließ.

»Bis zur Sommersonnenwende, hm, hm.« Der Borkenzwerg kratzte sich wieder den Kopf. »Und wo, sagst du, bist du dem Kaiser begegnet?«

»Auf den Sommerhügeln.«

»Aha. Und dahin bist du schon auf dem fliegenden Pferd geritten. Ich schicke sofort Männer los, die es suchen sollen. Honigbällchen, gib dem Jungen zu essen!«

Die ganze Zeit hatte Kleiner Mond nicht mehr auf die drei haarigen Wesen geachtet, die er gesehen hatte, als er aus seiner Ohnmacht erwachte. Nun, nach den letzten Worten des Borkenzwergs, sprangen sie auf und hüpften wild gestikulierend durch den Raum. Sie versuchten Kleiner Mond zu zwicken und zu kneifen, und es dauerte eine Weile, bis das Geschrei des Borkenzwergs sie wieder zur Räson brachte.

»Halt! Wirst du dich hinsetzen! Wirst du den Jungen in Frieden lassen! Willst du wohl aufhören mit dem Gebell! Sag ich nicht immer, du sollst mir die lausige Affenbande vom Halse halten, Honigbällchen! Auf eure Trommeln, ihr Affen, oder muss ich die Peitsche holen!« Das Gesicht des Borkenzwergs lag jetzt in tausenden von Falten und seine Stimme klang schnarrend und schneidend scharf.

»Schrei hier nicht herum wie ein toter Bambuswald im Wind«, fauchte Honigbällchen. »Du erschreckst den Jungen ja zu Tode.« Und zu den Affen gewandt fuhr sie fort: »Kommt mit, meine Täubchen, ich mache euch was Leckeres zu essen.« Honigbällchen nahm die Affen einen nach dem anderen auf den Arm und stapfte mit ihnen hinaus.

»Geh du auch essen«, sagte der Borkenzwerg zu Kleiner Mond und wischte sich den Schweiß von der Stirn. »Es ist ein ekelhaftes Viehzeug, aber sie tun dir nichts. Honigbällchen hat sie gezähmt und sie gehorchen ihr aufs Wort. Meine liebreizende Schwester wird sich gut um dich kümmern.«

Kleiner Mond stand auf und ging hinaus. Bei den letzten Worten des Zwerges war ihm ein kalter Schauer über den Rücken gelaufen.

9

Kleiner Mond wusste nun schon, dass zwischen Himmel und Erde manches möglich war, wovon sich der Menschenverstand nichts träumen ließ; aber im Zirkus Himmlischer Drache gingen ihm doch ein ums andere Mal die Augen über.

Der Zirkus war groß, eine Stadt auf Rädern, mit Stadtteilen, Straßen und Plätzen. Es wimmelte darin von Menschen in seltsamen, grellbunten Kleidern. Kleiner Mond sah mit Federn und Glasglöckchen verzierte Jacken, entdeckte wunderbare Stickereien und staunte über Spiegelscherben als Kleiderschmuck. Er sah Menschen in Tierfellen, vor denen er sich fürchtete. Andere übten ihre Kunststücke splitternackt, die Haut glänzend von Öl; manche waren tätowiert vom Hals bis zu den Fesseln. Hier erhob sich, fünf Mann hoch, eine Menschenpyramide, dort drehte sich auf einer Speerspitze ein Silberteller, auf dem Meerkatzen tanzten. Eine riesige Flamme verschwand im Rachen des Feuerschluckers, der Zauberer zog sich Tauben aus den Ohren, ein Löwe ritt auf einem Tiger und in fürstliche Seide gekleidete Schweine saßen am Tisch und aßen mit

Stäbchen. Einmal herrschte ohrenbetäubender Lärm, dann wieder die steinerne Stille der Konzentration. In der Luft waren Staub und der Geruch von Raubtieren, und über allem hing die drückende Schwüle des südlichen Chinas, dass Kleiner Mond die Seidenjacke am Rücken klebte.

Er wusste längst nicht mehr, wie lange er schon durch die Zirkusstadt lief; doch die ganze Zeit verfolgten ihn Honigbällchens Affen. Er wollte sie abschütteln, doch sie befingerten ihn und schnitten drohende Grimassen, sobald er es versuchte.

»Honigbällchen lässt mich bewachen«, dachte Kleiner Mond. »Ach Pferd, wie soll es nun weitergehen? Warum kommst du nicht? Die Zeit vergeht und wir müssen die Geschenke für den Kaiser suchen. Die immerwachsende Blume, den sich selbst beherrschenden Willen, und was war noch das Dritte ...«

Diese Zirkusstadt war bestimmt der merkwürdigste Ort in China. Konnte es da nicht sein, dass er darin eines der Geschenke fand? Kleiner Mond wusste nicht, warum, aber plötzlich musste er an das Gesicht des Borkenzwergs denken, als Honigbällchen vom dritten Prinzen gesprochen hatte. Irgendetwas stimmte da nicht.

So in Gedanken hatte Kleiner Mond den Platz erreicht, auf dem die Bogenschützen und die Messerwerfer übten. Honigbällchen stapfte zwischen ihren Schülern herum und verteilte Ohrfeigen, wenn ein Wurf misslang. Der Lehrer der Bogenschützen dagegen stand reglos wie eine Statue, die Arme vor der Brust verschränkt. Nur manchmal zuckte ein Lid, gab er mit winzigen Bewegungen der Finger seine Zeichen.

»Da sind ja meine Schätzchen«, begrüßte Honigbällchen ihre Affen. »Wollt ihr wohl die Pfoten von den Messern lassen! – He, Tarlan, sag deinen Männern, sie sollen beiseite gehen, ich will unserem Gast das Kunststück der Kunststücke zeigen!«

»Wer ist der kleine Mann? Wo hast du ihn aufgegabelt?«, fragte der Lehrer der Bogenschützen.

»Er heißt Kleiner Mond und ist ein Bote des Kaisers. Behandle ihn also mit dem gehörigen Respekt!«

»Ist das wahr, was sie sagt?« Tarlans Stimme klang zornig.

»Wann hätte ich je gelogen?«, rief Honigbällchen aus. »Der kleine Herr bekam einen Schlag auf den Kopf, aber Honigbällchen hat ihn kuriert. Er ist ein Glücksfall für den Zirkus Himmlischer Drache, denn er ist auf einem fliegenden Pferd unterwegs. Ich glaube«, Honigbällchen senkte die Stimme und ballte ihre riesige Faust, »ich glaube, er möchte uns auch so schnell nicht wieder verlassen.«

»Aber der Direktor wollte doch ...«, versuchte Kleiner Mond zu widersprechen.

»Halt den Mund!«, fuhr Honigbällchen ihn an. Doch gleich verzog sich ihr Mund wieder zu einem Lächeln. »Der Borkenzwerg wird dein Pferd suchen, als wäre es sein eigenes. Du musst nur Geduld haben. – Meine Schätzchen, kommt her und kümmert euch um euren Spielkameraden, damit ihm nicht langweilig wird!«

Auf Honigbällchens Befehl hin begannen die Affen ein Spiel mit Kleiner Mond. Es sollte ein Spiel sein, ein Fangspiel, aber Kleiner Mond kam es vor, als würde er gehetzt und geschlagen. Die Affen kniffen und kratzten und schubsten ihn, bis er weglaufen wollte, dann hüpften sie kreischend hinter ihm her, bis er stehen blieb, weil er kaum noch Luft bekam. Honigbällchen lachte, dass ihr Bauch wie ein Ballon auf und nieder hüpfte. Die Messerwerfer lachten mit ihrer Lehrerin. Nur die Bogenschützen blieben stumm.

»Ich sehe, du sorgst gut für das Wohlergehen unseres Gastes«, sagte Tarlan, als die Affen endlich von Kleiner Mond abließen. »Aber ich wäre an eurer Stelle vorsichtig. Wenn er ein kaiserlicher Bote ist ...«

»Misch du dich bloß nicht ein, lederhäutiger Bogenspanner! Der Borkenzwerg misstraut dir sowieso schon lange. Und ich weiß genau, wer die Sache mit den Mädchen von Wutang verraten hat. Drei so niedliche Dinger und ganz legal gekauft ...«

»... nur dass ihr das Bezahlen vergessen habt!«

»Drei Barren Silber, drei glänzende Barren Silber! Und bald hätten sie mit Tellern jongliert, als wären sie im Zirkus auf die Welt gekommen!«

»Drei Barren Silber«, sagte Tarlan verächtlich. »Waren es nicht Goldbarren, die in den weiten Ärmeln des Bezirksvorstehers verschwanden, damit du und der Borkenzwerg noch einmal eure Köpfe aus den hölzernen Halskragen kriegtet? Seht euch vor, Honigbällchen! Wenn ihr einem kaiserlichen Boten etwas antut, kommt ihr nicht so leicht davon, und die Speere der Gefängniswärter sind keine Bienenstacheln. Und du«, Tarlan zog Kleiner Mond die Jacke glatt, »putz dir die Nase und komm! Während du auf dein Pferd wartest, kannst du das Bogenschießen lernen.«

»Sollen deine verdammten Pfeile zehntausend Teufel treffen und hundertfach zurückkommen!«, krächzte Honigbällchen. »Behalt den Jungen, aber du stehst dem Borkenzwerg Rede und Antwort, wenn er dir entwischt.«

Tarlan schwieg.

Und Kleiner Mond verbrachte den ganzen heißen Tag mit den Bogenschützen. Tarlan unterrichtete ihn und lächelte nie. Trotzdem spürte Kleiner Mond, er war ein Freund.

Spät am Nachmittag zogen sie sich in den Schatten zurück. Kleiner Mond trank viele Tassen grünen Tee, doch der Durst wollte nicht vergehen und die Müdigkeit nicht weichen. Er streckte sich auf einer Bastmatte aus, da berührte Tarlans Hand seine Schulter. »Pssst, Junge! – Komm mit, aber weck nicht die andern.«

Tarlan führte Kleiner Mond weg von seinen Schülern in sein Zelt, dann fragte er: »Was ist das für eine Geschichte mit dir und dem fliegenden Pferd?«

Kleiner Mond erklärte es ihm. Er erzählte von dem Wettstreit und dem Star, vom Kaiser und den drei Geschenken, beantwortete Tarlans Fragen zu dem Pferd und zu seiner Reise nach China. Als er geendet hatte, strich Tarlan über seinen kunstvoll geflochtenen Bart.

»Hm«, begann er. »Ich weiß nicht viel. Aber sicher weiß ich, dass du von hier fort musst. Natürlich wird der Borkenzwerg sein Versprechen halten und dein Pferd suchen – aber nur, weil es seinen Zirkus in der ganzen Welt berühmt machen würde. Wenn allerdings dein Pferd das richtige Pferd ist, wird es sich nicht einfangen lassen. Und es wird wiederkommen, wenn es an der Zeit ist, und dir sagen, wo du die Geschenke findest.«

»Sagen?«, fragte Kleiner Mond erstaunt. »Woher weißt du, dass es sprechen kann?«

»Du musst nicht erschrecken«, sagte Tarlan, »ich gebe dein Geheimnis nicht preis. Auch ich kenne das Pferd und bin ihm treu. Wer sonst hätte aus mir einen Bogenschützen gemacht! Aber das ist eine andere Geschichte und jetzt ist dafür keine Zeit. Sag ihm nur Grüße von mir – oder nein: Ich gebe dir etwas mit, was dir auf deiner Reise noch nützlich sein kann.«

Tarlan stand auf und Kleiner Mond hörte ihn im dämmrigen Hintergrund des Zeltes Schachteln öffnen und schließen. Es dauerte lange, bis er gefunden hatte, was er suchte. »Hier!« Er gab Kleiner Mond ein seidig glänzendes Knäuel.

»Was ist das?«

»Bogensehnen. Das Pferd gab sie mir vor langer Zeit, damit meine Pfeile die fernsten Ziele treffen. Ich brauche sie nicht mehr.«

»Aber Sehnen werden brüchig oder reißen«, sagte Kleiner Mond.

»Nimm sie trotzdem«, sagte Tarlan. »Ich brauche keine verzauberten Bögen und Pfeile mehr; ich weiß, wie man mit dem Herzen den Flug des Pfeiles lenkt. Aber als ich noch jung war, half auch mir die Kraft der Wunder. Nimm und danke dem Pferd dafür. Im Schutz der Dunkelheit helfe ich dir entkommen.«

Kleiner Mond schlief unruhig in der frühabendlichen, schwülen Hitze; doch als Tarlan ihn weckte, fühlte er sich ausgeruht.

Es war still geworden in der Zirkusstadt. Nur hier und da rauchte noch eine einsame Fackel und aus einem Wagen drang schrilles Gelächter. Es roch streng nach wilden Tieren. Die Löwen schliefen schon, aber der große Tiger ging immer noch in seinem Käfig auf und ab. Die Elefanten sahen aus wie große schwarze Felsen. Tarlan ging lautlos voran und Kleiner Mond folgte ihm. Irgendwo kläffte ein Hund, doch sie erreichten unbehelligt das Tor am Fluss.

»Das Schwierigste kommt erst noch«, flüsterte Tarlan. »Die Wagen dort beim Tor gehören dem Borkenzwerg und Honigbällchen. Die beiden haben ständig Wachen um sich. Er hat das Pferd noch nicht gefunden und sie hatten sich den ganzen Abend in der Wolle. Wahrscheinlich haben sie ihren Streit im Reiswein ertränkt. Das wäre gut, denn wenn sie trinken, trinken auch die Wachen.«

»Wohin soll ich gehen, wenn ich draußen bin?« Kleiner Mond kam sich plötzlich wieder hilflos und verlassen vor. Er hatte zwar noch den goldenen Pass, aber alles andere, was er auf die Reise mitgenommen hatte, war auf dem Rücken des Pferdes.

»Halte dich ans jenseitige Ufer und geh immer flussab«, sagte Tarlan. »Wenn du Glück hast, findest du ein Boot. Aber sei vorsichtig, das Gewitter hat aus dem Fluss einen reißenden Strom gemacht. – Und jetzt geh schon, geh!« Tarlan gab Kleiner Mond einen freundschaftlichen Klaps.

Stockfinster war nun die Nacht und die gefährlichen Wagen erhoben sich wie eine Festung vor Kleiner Mond. Kein Laut war zu hören, kein Schimmer eines Lichts zu sehen. Kleiner Mond fröstelte, obwohl es nicht kühler war als bei Tag. Sein Herz schlug viel zu laut; es würde ihn noch verraten. Und bewegte sich da nicht ein Schatten? Wie laut das trockene Laub unter den Füßen raschelte! Und das Knacken eines trockenen Zweiges war wie ein Peitschenknall. Kleiner Mond erstarrte, als eine Eidechse vorüberhuschte. Er meinte, das Herz bliebe ihm stehen, als eine Fledermaus ihn mit dem Flügel streifte. Dann hatte er endlich den Streifen Bambuswald am Fluss erreicht.

Und plötzlich war hinter ihm Gezeter und Geschrei! Die Affen! Er hatte die Affen vergessen. Schon hörte er Honigbällchens schrille Stimme: »Fangt ihn! Kratzt ihm die Augen aus! Reißt ihm die Ohren vom Kopf! Beißt ihm die Nase ab!«

Kleiner Mond rannte blind vor Angst durchs Bambusdickicht, weiter, immer weiter, bis er den weichen Sand der Uferböschung unter den Füßen spürte. Wieder huschte eine Eidechse an ihm vorüber. Oder war es eine Schlange? Er wollte ihr ausweichen und stürzte. Da packten sie ihn mit ihren ekelhaften Fingern, versuchten ihn zu beißen und an den Haaren zu ziehen. Doch Kleiner Mond sprang auf und riss sich los. Für einen Augenblick nur, doch der reichte, Honigbällchens Affen zu verblüffen. Kleiner Mond wollte die Böschung hinauf in den Bambuswald, doch wieder stürzte er. Er kugelte die Böschung hinunter, suchte verzweifelt Halt und plötzlich spürte er das Wasser. Die Strömung riss ihn fort und Wirbel packten ihn wie mit stählernen Greifern.

10

Kleiner Mond kämpfte um sein Leben. Und wann immer er später an die langen Minuten in den Wirbeln des reißenden Flusses dachte, schien es ihm, als hätten die Affen ihn in die Tiefe gezogen. Die standen aber am Ufer und kreischten, während das Wasser ihm in Nase und Ohren drang, fauliger Lehm ihm den Mund verschloss und er vergeblich versuchte, in der ölschwarzen Nacht das Ufer auszumachen. Ein paarmal spürte er Grund unter den Füßen, doch immer wieder riss es ihn fort und drückten ihn unsichtbare Arme unter Wasser. Baumstämme trieben an ihm vorbei, doch er konnte sie nicht fassen und ihre scharfen Äste zerschnitten ihm die Hände. Als eine Stromschnelle ihn auf eine Sandbank warf, war er kaum noch bei sich. Nur später, in der Erinnerung, sah er oft den kleinen Jungen, der sich schwankend ans sichere Ufer schleppte, durch knöcheltiefen Schlick, der unter seinen Füßen grunzte.

So kam Kleiner Mond auf die Insel mitten im Fluss. Es war noch Nacht, doch die Gerüche hatten schon die Leichtigkeit des Tages. Im Uferdickicht bewegten sich die Tiere der Dämmerung: Fledermäuse, Eidechsen und Frösche. Ein handtellergroßer Nachtfalter berührte im Vorüberfliegen Kleiner Monds Nase; seine Flügel fühlten sich haarig an und weich. Erschöpft, wie er war, hatte Kleiner Mond keine Angst. Seine Gedanken und Wünsche hatten die Wasser des Stromes verschlungen und selbst der Tanz der verlöschenden Sterne bedeutete ihm nichts.

»Bist du's, Junge?« Die Stimme aus dem Dunkel klang vertraut.

Kleiner Mond rieb sich die Augen. Die Welt hatte noch nicht wieder Form und Gestalt.

»Ich bin's, das Pferd.«

Kleiner Mond spürte eine Berührung am Hals. Das Maul des Pferdes, die kühlen Nüstern, das seidige Fell.

»Pferd«, sagte Kleiner Mond. Das Wort war wie eine Seifenblase, die größer wurde und schwerer, eine Schale aus weißem Porzellan. Als sie zersprang, erwachte Kleiner Mond. Ihm war entsetzlich kalt, er hatte Hunger und Durst. Aber er war am Leben, und der Rücken des Pferdes, auf dem er merkwürdigerweise saß, fühlte sich an wie eine Wolke.

»Da hätten wir uns also wieder.« Die Stimme des Pferdes klang besorgt und fast ein bisschen zornig. »Nur kommst du mir eher tot als lebendig vor. Halt dich gut fest, weiter oben auf der Insel gibt es eine

Quelle, dort kannst du trinken und dir den stinkenden Schlamm aus den Kleidern waschen.«

Kleiner Mond musste lachen; das Pferd machte sich Sorgen um seine Kleider. Dann fiel ihm die Reise wieder ein. »Wenigstens hab ich noch den goldenen Pass«, sagte er. »Und *ein* Geschenk für den Kaiser hab ich vielleicht auch schon gefunden.« Wieder musste er lachen.

»Verzeih, aber ich glaube, du redest Unsinn«, entgegnete das Pferd und ließ ihn absitzen. »Werd jetzt erst einmal trocken und iss und trink. Sobald die Sonne aufgeht, setzen wir unsere Reise fort. In den wirklichen Süden ist es noch ein gutes Stück und davor liegen die südwestlichen Berge. Man nennt sie das Dach der Welt und nicht mal für mich sind sie leicht zu überqueren. Auf ihren Gipfeln ist ewiger Schnee und ewiges Eis. – Und jetzt mach voran! Ich hab genug vom Gestank der Ebene und schlafen kannst du auf meinem Rücken.«

Während das Pferd gesprochen hatte, war ein roter Streifen am Himmel aufgetaucht. Jetzt erschien ein blutunterlaufenes Auge, das träge nach oben stieg. Schon wurde es wieder heiß. Kleiner Mond wusch seine Kleider und sie trockneten im Nu. Das Pferd zeigte ihm einen Baum voller haariger Früchte, von denen er aß und mit denen er seinen Proviantbeutel füllte.

»Bedecke Kopf und Nacken mit deinem Gürteltuch«, riet ihm das Pferd. »Im Süden schießt die Sonne mit tausend spitzen Pfeilen und in der Höhe bläst ein eisiger Wind. Nicht dass dir die Ohren fehlen, bis wir das Nachtlager aufschlagen. Was mich angeht, kann ich nur hoffen, dass ich nicht zu schnell müde werde.«

Doch davon konnte keine Rede sein. Das Pferd erhob sich in die Luft, immer kleiner wurden die Insel und der Fluss, die Reisfelder der Ebene und die waldbedeckten Hügel, und es ging so schnell dahin, dass Kleiner Mond und das Pferd nicht miteinander reden konnten. So wurde es Mittag.

Dann schien es allmählich, als stiege die Erde ihnen entgegen. Erst war es ein grüner Berg, den das Pferd fast mit den Hufen streifte, bald ein zweiter und ein dritter, bis sie, als es Abend wurde, zwischen Gipfeln dahinflogen, die wie Inseln aus der Wolkendecke ragten. Ein Gebirgssee funkelte wie Kristall, das Geröll auf den Hängen schimmerte rötlich braun im Abendlicht und in der Ferne glänzten die ersten eis- und schneebedeckten Riesen. Das Pferd flog nun langsamer und Kleiner Mond konnte vom Zirkus Himmlischer Drache erzählen.

»Tarlan war mein Retter. Ohne ihn wäre ich dem Borkenzwerg und Honigbällchen nie entkommen«, schloss er seine Geschichte. »Ich verstehe nur nicht, warum sie solche Schurken sein müssen.«

»Sie waren nicht immer Schurken«, sagte das Pferd.

»Sie rauben kleine Mädchen, hat Tarlan erzählt.«

»Stimmt«, sagte das Pferd, »sie wollten nicht für sie bezahlen. Hätten sie bezahlt, wäre alles in Ordnung gewesen.«

»Dann gibt es wirklich Leute, die ihre Kinder verkaufen? Und noch dazu an solche schreckliche Gestalten?«

»Nun ja, Schönheiten sind sie nicht. Aber ihr Zirkus ist der beste in ganz China und ihre Artisten nagen wahrlich nicht am Hungertuch. Die Mädchen hätten es bei ihnen nicht schlecht gehabt.«

»Trotzdem wären Honigbällchen und ihr Bruder fast ins Gefängnis gekommen, sagt Tarlan.«

»Stimmt. Sie haben den Bezirksvorsteher bestochen, damit er sie laufen lässt.« Das Pferd schwieg einen Augenblick. Dann fragte es: »Was meinst du, ist der jetzt besser oder schlechter als die beiden?«

»Genauso schlecht«, sagte Kleiner Mond. »Wer sich bestechen lässt, ist auch ein Schurke. Warum tut der Bezirksvorsteher so was? Ist er nicht ein reicher Mann?«

»Arm oder reich, es ist immer Angst, die die Menschen daran hindert, das Rechte zu tun. Übrigens hätte ja nicht viel gefehlt und du hättest auch aus den Gärten der Bauern gestohlen.«

»Ein paar Pflaumen«, wehrte sich Kleiner Mond. »Was wäre das schon gewesen!«

»Aus jedem Pflaumenkern kann ein Baum werden, der sieben Körbe Früchte trägt«, entgegnete das Pferd. »Und jetzt sei still, ich muss höher steigen! Wenn wir die Berge nicht bis morgen schaffen, werden wir die Geschenke nie finden.«

»Entschuldige, aber da ist noch was, das hätte ich fast vergessen«, sagte Kleiner Mond. »Tarlan lässt dich grüßen und er bedankt sich noch mal für die Bogensehnen. Ist wirklich ein Zauber in ihnen?«

Das Pferd stellte die Ohren. »Sie sind aus Haaren von meinem Schweif geflochten«, sagte es. »Sieh an, da hat Tarlan sie also weggegeben.«

»Er sagt, er braucht keinen Zauberbogen mehr, weil ...« Kleiner Mond überlegte einen Augenblick, »... weil er nicht mehr jung ist und weiß, wie man seine Pfeile lenkt.«

»Tarlan, der Bogenschütze ...«, sagte das Pferd versonnen. »Nun ist er also nicht mehr jung. Aber er ist auch noch nicht alt – alt ist der Kaiser. Und merkwürdig, manchmal braucht das Alter dasselbe wie die Jugend; denn alles kehrt irgendwann zu seinem Anfang zurück. – Heb die Sehnen gut auf, Junge.

Vielleicht helfen sie eines Tages den Star an den Kaiser fesseln.«

»Du meinst, man könnte …«

»Red keinen Unsinn!« Das Pferd warf unwillig den Kopf zurück. »Gib mir lieber noch von den Früchten, gleich wird es ernst.«

Das Pferd stieg höher und höher und bald breitete die Nacht ihre sternenbestickte Decke über die Erde. Der Wind wurde schneidend kalt, als sie die ersten schneebedeckten Drachenkämme überflogen. Kleiner Mond suchte vertraute Muster im Sternennetz, das die eisigen Gipfel überspannte, doch der Himmel war ihm fremd. Nicht mal das Feuer der Venus konnte er entdecken. Und sosehr er sich auch an den Rücken des Pferdes schmiegte, die Eiseskälte in der dünnen Luft stach ihn doch mit tausend Nadeln. Immer näher kamen nun die weißen Gipfel, obwohl das Pferd nicht niedriger flog. Es musste Haken schlagen und manchmal staubte unter seinen Hufen der Schnee. Der Wind wehte in eisigen Böen und Kleiner Mond konnte sich vor Kälte kaum noch auf dem Pferderücken halten.

»Nur einen Pass noch«, rief das Pferd durch den Schnee, den eine Sturmbö aufwirbelte. »Drück dein Gesicht in meine Mähne! Und denk daran: Auf der anderen Seite liegt das Land, wo du den sich selbst beherrschenden Willen findest. Und von dort aus werden uns die Weisen Väter den Weg zur immerwachsenden Blume zeigen.«

»Wir werden nie dort ankommen«, keuchte Kleiner Mond. »Ich kann kaum noch atmen.«

»Dann hör auf zu reden und zu jammern!«, schimpfte das Pferd. »Und versuch mich nicht nach unten zu zwingen, wenn ich fliegen soll!«

»Aber ich will nach unten! Ich muss, Pferd, weil ich sonst ersticke!«

Kleiner Mond zog das Pferd an den Ohren, damit es ihm gehorchen sollte. Doch da warf das Pferd blitzschnell den Kopf herum und biss ihn in den Daumen. »Sei nicht dumm, Junge«, sagte es ganz ruhig. »Du bist im Wasser nicht ertrunken, so wirst du es auch nicht in der Luft.«

Kleiner Mond schwieg. Sein Daumen schmerzte, und er war so wütend, dass er sich wünschte, das Pferd wäre in eine Gletscherspalte gestürzt oder versunken, wo der Schnee am tiefsten war. »Warum ich?«, dachte er. »Ich bin nur Kleiner Mond, ein Hirtenjunge, und mehr will ich gar nicht sein.« Zum ersten Mal seit seiner Flucht sehnte er sich nach der Steppe zurück, nach dem Geruch der Lagerfeuer, an denen sie, in warme Kamelhaardecken gehüllt, Badruks Geschichten gelauscht hatten. Nein, es war nicht richtig, dass man ihn zu dieser Reise durch die eisige, dünne Luft zwang, die ihm den Atem nahm.

Wütend zerrte er an der Mähne des Pferdes: »Flieg nur weiter, flieg durch Felswände, wenn es sein muss, aber ich werd's dir noch zeigen!«

Das Pferd flog noch schneller, gerade so, als ob Kleiner Mond es geschlagen hätte. Es preschte durch die Dunkelheit, die Sterne wirbelten ihnen entgegen und plötzlich öffnete sich vor ihnen, wie eine Schlucht im Himmel, der letzte Pass.

Zwischen den eisigen Kämmen war es stockfinster. Kein Stern leuchtete zwischen den Felsen, auf denen sich der Schnee zu Dächern und Brücken türmte. Zum ersten Mal schwankte das Pferd. Seine Hufe schlugen gegen einen Felsblock, und Kleiner Mond konnte gerade noch schreien, bevor eine Schneebrücke über ihnen zusammenstürzte. Doch Augenblicke später waren sie wieder frei, unter ihnen war ein endlos weites Tal, in das das Pferd erschöpft hinunterschwebte, eine weiche Schneeflocke, auf der wie ein Staubkorn Kleiner Mond festklebte.

Das Pferd flog jetzt langsam, in weiten Bögen. Als Kleiner Mond zu sich kam, spürte er einen Druck auf den Ohren; aber er konnte wieder atmen. Kein Windhauch störte die Stille in dem Tal. Aber warum ließ sich das Pferd so lange Zeit?

»Willst du nicht landen?«, fragte Kleiner Mond. Er fühlte sich kraftlos und konnte kaum die Augen offen halten vor Müdigkeit.

»Noch nicht«, sagte das Pferd. »Wir müssen heute Nacht noch bewohntes Gebiet erreichen. – Siehst du nicht irgendwo Licht auf den Hängen?«

»Wer wird so verrückt sein und in dieser garstigen Gegend wohnen?« Kleiner Mond gähnte.

»So garstig ist die Gegend nicht«, erklärte das Pferd. »Nur die Gipfel sind ganz aus Eis und Wind, in den Tälern ist gutes Weideland. Halte gut Ausschau, bestimmt ist irgendwo noch jemand wach.«

»Ich bin so furchtbar müde.« Kleiner Mond gähnte wieder. »Mir fallen die Augen von ganz alleine zu und mit geschlossenen Augen kann ich nichts sehen. Außerdem tut mir der Daumen weh.«

»Jammerst du schon wieder!«, schimpfte das Pferd. »Wie sollen wir so jemals die Geschenke finden?«

»Ob ich Ausschau halte oder nicht«, sagte Kleiner Mond, »du fliegst ja doch, wohin du willst.«

Sie flogen lange, ohne mehr zu sehen als Hänge und Täler, die ineinander übergingen, sodass man Anfang und Ende nur ahnen konnte. Es wurde Morgen, die Wälder erschienen dunkler und die steilen Hänge verblassten. Die ersten Sonnenstrahlen überzogen die Landschaft mit ihrem sanften Gelb. Da plötzlich drang ein Hornsignal durch die Stille.

»Hast du gehört, Pferd? Das kam von links, glaube ich.«

»Still, Junge! Das Echo ist tückisch.« Das Pferd stellte die Ohren.

Wieder war das Signal zu hören.

»Dort!«, rief Kleiner Mond. »Siehst du den Rauch zwischen den Bäumen? Nein, du musst höher fliegen, nicht niedriger! Siehst du die Dächer nicht?«

»Na, so was, nein. Ich glaube, ich bin tatsächlich müde.« Das Pferd wieherte gut gelaunt und reckte den Hals. »Halt dich gut fest, Scharfauge!«

»Langsam! Nicht so schnell!«, rief Kleiner Mond. »Woher willst du wissen, dass es nicht wieder böse Leute sind?«

»Keine Sorge«, sagte das Pferd. »Wer so weit aus der Welt lebt, ist anders als die Menschen unten in der Ebene. Außerdem erinnere ich mich jetzt: Das ist das Kloster der Weisen Väter, die uns die Geschenke finden helfen.«

Und durch den klaren Morgen flog das Pferd noch einmal so schnell, dass Kleiner Mond nicht wusste, ob er sich fürchten oder sich freuen sollte, als es im Sturzflug zu den Dächern des Klosters hinunterging.

11

Kleiner Mond wachte auf, weil ihn die Nase juckte. Er nieste und drehte sich auf die andere Seite. So gut hatte er lange nicht mehr geschlafen.

»Steh auf, fauler Strick, oder willst du den ganzen Tag verschlafen?«

»Nur noch ein bisschen«, brummte Kleiner Mond. Dann fuhr er auf und rieb sich die Augen. »Wie? Was? Wo bin ich?«

Helles Tageslicht blendete ihn. Das Pferd stand über ihn gebeugt und zog mit den Vorderhufen an seiner Decke. »Wer hoch fliegt, schläft gut«, sagte es und lachte wiehernd. »Scheint so, als wärst du schon wieder in Ordnung. Als wir hier ankamen, bist du mir vom Rücken gerutscht wie ein Sack voll Reis. – Los, los, worauf wartest du? Die Weisen Väter erwarten uns.«

Kleiner Mond stand auf und betastete seine Glieder. Es war wirklich alles heil geblieben. Nur im Magen spürte er ein leichtes Ziehen; das kam vom Hunger.

»Hör mal«, sagte er noch leicht verschlafen, »hast du nicht gesagt, du sprichst nicht, wenn Menschen in der Nähe sind? Wieso sprichst du dann hier? Hast du keine Angst, dass dich jemand hört?«

»Die Weisen Männer dürfen mich hören«, sagte das Pferd. »Ihnen ist nichts sonderbar, denn sie wissen, dass nichts unmöglich ist. Übrigens habe ich ihnen schon von dir erzählt. Sie wollen dir gern helfen.«

»Wissen sie denn, wo genau ich die Geschenke finden kann?«, fragte Kleiner Mond gähnend. »Ehrlich gesagt, ich hab langsam genug vom Reisen.«

»Heißt das, dass du aufgeben willst?«

»Nein.« Kleiner Mond zögerte einen Augenblick. »Nein, ich meine nur, wir sind schon ziemlich lange unterwegs. Und wenn die Sache noch mal so lange dauert, sind wir zur Sommersonnenwende bestimmt nicht in Peking zurück.«

»Wenn du nicht bald aufstehst, behältst du wahrscheinlich Recht.«

»Was kann ich dafür, wenn ich müde bin?«

»Du bist nicht müde, sondern faul und bequem.« Das Pferd stampfte mit den Hufen auf. »Zugegeben, du bist noch ein bisschen klein, um so um die Welt zu hetzen. Aber immerhin hält dich der Kaiser für einen würdigen Gegner des Stars – und du hast seinen Auftrag angenommen, also musst du ihn auch erledigen.«

Kleiner Mond streckte sich und ließ noch einmal

ein unfreundliches Brummen hören, doch dann wusch er sich das Gesicht und schaute lange in den Bronzespiegel über der Schale mit Wasser, die in der Ecke seines kargen Schlafgemachs auf dem Boden stand. Er hatte Lust, seinem Spiegelbild die Zunge herauszustrecken. Wie lange war es her, dass er Stunden und Tage vertrödeln konnte, nichts tun, als in die Wolken schauen und den Flug des Adlers beobachten … Kleiner Mond verzog das Gesicht zu einem Lächeln. Wer seine eigenen Wege ging, war offenbar erst recht ein Sklave.

»Bewunderst du dein Gesicht?«, fragte das Pferd. »Ich wüsste nicht, dass es sich verändert hätte. Deine Jacke hängt allerdings schief. Wenn du gestattest …«

»He, was soll das? Wie soll ich mich den Weisen Vätern zeigen, wenn du mir mein bestes Kleidungsstück zerreißt?«

»Sie interessieren sich nicht für deine Kleider, sie sehen dir direkt ins Herz.« Das Pferd schob Kleiner Mond zur Tür.

Was für ein Anblick! Kleiner Mond stand auf der Schwelle und vergaß fast das Atemholen. Über dem Kloster erhoben sich steil und glänzend die weißen Berge; tief unten lag grün und waldig das Tal, durch das sie gekommen waren. Ein Teich glitzerte darin, den Kleiner Mond im Morgengrauen nicht gesehen hatte. Es war, als schwebte das Kloster in der Luft, denn es lag höher als ein Adlerhorst. Weit unten sah Kleiner Mond einen Vogel kreisen. Die Gebäude des Klosters der Weisen Väter hingen wie Reihen von Schwalbennestern am steilen Fels, schmale Pfade und Treppen verbanden sie und nur wacklige Geländer schützten vor dem Sturz in die Tiefe. An den Pfosten der Geländer bewegten sich leise klingende Glöckchen im Wind. Aus dem Tal stieg der Geruch von Kiefern und Zedern herauf.

»Ich glaube«, sagte Kleiner Mond und schluckte, »ich glaube, die Weisen Väter wissen, wo wir suchen müssen. Wer das hier …«

Aber das Pferd hörte gar nicht zu, was Kleiner Mond redete. Es ging an ihm vorbei und wedelte mit dem Schweif zum Zeichen, dass er ihm folgen solle. Kleiner Mond setzte vorsichtig seine Schritte auf dem Felsenpfad und schwieg. Ihm war auf einmal seltsam feierlich zu Mute. Es war, als schwebten Gedanken in der dünnen, klaren Luft, als flüsterte der Wind in einer Sprache, die man verstand, obwohl man sie nicht kannte.

Hintereinander gingen sie am Rand des Abgrunds an den untersten Gebäuden des Klosters vorbei. Dann stiegen sie eine schwankende Treppe zur nächsthöheren Ebene hinauf, und wieder ging es einen schmalen Pfad entlang, der vor dem großen Klostertempel endete.

Wie hatte man ein solches Gebäude so hoch ins Gebirge bauen können? Kleiner Mond wurde schwindlig, als er daran emporschaute, obwohl er erst gestern über den Wolken geflogen war.

Die Linien des Tempels waren einfach und klar; alles daran strahlte ewige Ruhe aus. In sanften Wellen bogen sich die Regenrinnen, und eine geschwungene Treppe führte zum Hauptportal hinauf, der schweren Tür mit den Verzierungen aus Eisen, Bronze, Silber und Gold. Vom steinernen Treppengeländer grinsten schaurige Dämonen und blickten, friedlich in Gedanken versunken, die Gesichter von Meditierenden. Doch das Pferd ging durch eine unscheinbare Seitentür.

Als sich seine Augen an die Dunkelheit des Säulenganges gewöhnt hatten, sah Kleiner Mond erst nur flackernde Talglichter und dünnen, aus Weihrauchgefäßen aufsteigenden Rauch. Dann entdeckte er den rötlichen Schimmer des Kohlebeckens nahe bei der Plattform an der Stirnseite der großen Tempelhalle. In der Halle selber saßen hunderte von Mönchen im Lotussitz; ihre roten Kopfbedeckungen schienen aufgereiht wie Perlen auf einer Schnur. Obwohl die Hufe des Pferdes laut auf den Steinboden klackten, bewegte keiner auch nur ein Augenlid. Die Stille in der Halle mit so vielen Menschen kam Kleiner Mond merkwürdig, aber nicht bedrohlich vor. Die Mönche schienen wie von einer anderen Welt, als wären ihre Körper nur Gefäße, die auf der Erde blieben, während ihr Geist in fernen Höhen schwebte.

Es dauerte lange, bis sie die Plattform erreichten. Dort saßen die drei Weisen Väter und Kleiner Mond verbeugte sich. So alten Männern war er noch nie begegnet. Zerbrechlich, wie ausgetrocknet von der Zeit, saßen sie unter ihren grauen, zerschlissenen Umhängen, mit Händen so hager wie Fasanenkrallen; doch in ihren Augen war die Weisheit der Sterne und die Strenge des winterlichen Winds. Kleiner Mond musste an den zornigen Kaiser denken. Doch in der Einsamkeit der Weisen Väter war noch etwas anderes; sie schienen unerreichbar wie ein fliegender Pfeil.

»Ehrwürdige Weise Väter«, begann das Pferd, »hier ist der Junge mit Namen Kleiner Mond. Ich fand ihn in der Steppe und brachte ihn auf meinem Rücken in die kaiserliche Stadt, wo man ihm auftrug zu beweisen, dass der Osten dem Westen an Weisheit überlegen ist. So bestimmte es der Sohn des Himmels, der auf die Klugheit des kleinen Pferdehirten vertraut, wie er einst auf die eigene Klugheit vertraute, als er auszog, die Welt zu erobern. Euch, ihr Weisen Väter, bitte ich, dem Jungen zu helfen, denn ihr lehrt zwar, dass jeder seinen eigenen Weg gehen muss, aber ihr lehrt auch, dass man Station machen darf, um nach dem Weg zu fragen und frisches Wasser aus der Quelle zu schöpfen.«

»Du bist uns willkommen, Pferd«, sagte der älteste der Väter. »Wir wissen, dass du keinen ohne Grund auf deinen Rücken nimmst. Aber der Junge soll selber vortragen, was er von uns will.«

Kleiner Mond schluckte. Er wagte es nicht, den unbekannten Männern in die Augen zu schauen.

»Mein Kind«, sagte da wieder der Älteste und seine Stimme war sanft wie das Rascheln des Bambus im Sommerwind, »wir sind alle Wanderer auf derselben Straße. Fürchte dich also nicht vor uns, denn du fürchtest dich ja auch nicht vor dir selber. Sag, was du willst.«

»Verehrter Vater«, begann Kleiner Mond zaghaft. Doch jetzt konnte er den drei Alten in die Augen sehen und mit fester Stimme fuhr er fort: »Die Prinzessin in Peking hat ein altes Lied von den drei Geschenken gesungen: vom sich selbst beherrschenden Willen, von der immerwachsenden Blume und von der Pflanze des langen Lebens. Diese Geschenke möchte ich finden. Das heißt, von der Pflanze des langen Lebens glaube ich, dass ein Mensch sie nicht finden kann. Aber bei der Suche nach den anderen beiden, meint das Pferd, könnt ihr mir helfen. Ein drittes Geschenk ...« Kleiner Mond zögerte. »Ein drittes Geschenk hätte ich vielleicht schon: die Zaubersehnen, die Tarlan der Bogenschütze mir gegeben hat.«

»Das Pferd hat dich an den richtigen Ort gebracht«, sagte der Weise Vater. »Wir hier oben sind dem sich selbst beherrschenden Willen so nah, dass es für den Kaiser und den Fremden aus dem Westen wohl reichen wird. Und auf den Bergen hier blüht auch die immerwachsende Blume. Wir werden sie dir nur nicht zeigen können, denn jeder findet sie selbst und nur einmal im Leben.«

»Was muss ich tun, um sie zu finden?«, fragte Kleiner Mond.

»Geh in die Berge, die Blume wächst überall und nirgends. In ihren Blättern ist die Zähigkeit des Lebens und in den Blüten das Licht, das dir im richtigen Augenblick leuchten wird.«

»Weiß das Pferd, wo man sie findet?«

»Nein, Junge. Das Pferd braucht sie auch nicht. Es braucht sie nur, wer an die Zeit gebunden ist.«

»An die Zeit gebunden? Wollt ihr damit sagen, dass wir uns beeilen müssen, wenn wir zur Sommersonnenwende in Peking zurück sein wollen?«

»Nein, Junge.« Der Weise Vater lächelte. »Du wirst verstehen, was ich meine, wenn du nur gründlich darüber nachdenkst – aber spätestens, wenn du die Blume findest. Und nun, bevor du dich auf den

Weg machst, tu einem alten Mann noch einen Gefallen.«

»Welchen?«, fragte Kleiner Mond.

»Siehst du die Stöcke dort in den Ständern? Es sind Wanderstöcke. Geh und bring mir einen davon!«

Kleiner Mond verbeugte sich und ging zu den Stöcken hin. Aber es waren so viele, hunderte, wenn nicht tausende. Und keiner war wie der andere. Sie waren aus Holz oder Bambus und hatten Spitzen oder Widerhaken aus Metall, denn im Notfall mussten sie als Waffe taugen. Kleiner Mond konnte sich nicht entscheiden. Der Weise Vater hatte nicht gesagt, *welchen* Stock er bringen sollte.

Kleiner Mond überlegte lange. Er war sich nicht sicher, aber etwas in der Stimme des Weisen Vaters hatte ihm gesagt, dass es sich um eine wichtige Aufgabe handelte. Schließlich sah er einen einfachen, glatten Stock aus Holz, dessen Griff eine fein geschnitzte Kobra zierte. Kleiner Mond nahm ihn und brachte ihn dem Alten.

»Vater, ich hoffe, ich habe nicht falsch gewählt.«

»Nein, Junge.« Der Weise Vater hob die Hand, damit das Gemurmel, das plötzlich entstanden war, verstummen sollte. »Du hast entschieden, dass *ich* die Reise nach Peking machen soll. Ja, vielleicht ist es Zeit, dass ich zurück in die Welt gehe. – Was meinst du, Pferd?«

»O Vater, fragt mich lieber nicht. Ihr wisst, dass der Ruf des Pferdes Euch nicht mehr gilt.«

»Ich wollte Euch keine Unannehmlichkeiten machen«, sagte Kleiner Mond. »Ich hab doch nur irgendeinen ausgesucht . . .«

»Wir alle haben unsere Stöcke weggestellt, als uns klar wurde, dass unsere Gedanken mit den Wolken ziehen können, wenn wir nichts mehr als den Himmel und die Berge kennen. Aber vielleicht ist auch das nur, was wir glauben.« Die Stimme des Weisen Vaters war kaum noch zu hören. »Mein Stock. Beginnen wir die Wanderung also wieder von vorn! Aber du, Kleiner Mond«, der Alte blickte auf und sein Blick war klar wie ein Sonnenstrahl, »du musst aufbrechen. Möge das Herz dir leicht sein und deine Schritte sicher!«

Kleiner Mond verbeugte sich stumm. Das Pferd ging wieder voran und hintereinander gingen sie durch die große Eingangstür ins Freie. Mit einer Bewegung des Kopfes bedeutete das Pferd Kleiner Mond, er solle den Bogen, die Fangschlinge und das Proviantpaket nicht vergessen, die sie draußen zurückgelassen hatten.

Kleiner Mond schaute hinunter ins Tal und hinauf zu den Bergen. Irgendwo dort oben wuchs die immerwachsende Blume. Er holte tief Luft, zog seine Jacke glatt und stieg, ohne noch einmal zurückzublicken, allein die große Tempeltreppe hinunter. Er ging die schmalen Pfade zurück, die sie gekommen waren, neugierig beobachtet von einem Novizen, der vor der Tür seiner Behausung kehrte. Immer kleiner wurde er von der Tempeltreppe aus gesehen, immer winziger der Rücken der pflaumenblauen Seidenjacke, der die Strapazen der Reise schon anzusehen waren. Endlich verschwand er hinter der letzten Biegung des unteren Pfades.

12

Über immer schmalere Pfade, über Brücken und Treppen verließ Kleiner Mond das Klostergelände. An einer Weggabelung musste er sich entscheiden: Sollte er weiter hinabsteigen ins Tal, wo der eine Weg in die Zedernwälder führte, oder sollte er den Weg bergauf nehmen, der weit oben zwischen Lawinengeröll verschwand?

»Ich muss bergauf«, sagte sich Kleiner Mond. »Unten wohnen die Bauern in ihren Dörfern. Die immerwachsende Blume muss in der Höhe wachsen, wohin sich selten ein Mensch verirrt, dort, wo nur noch Yaks und Ziegen weiden.«

So ging er bergauf. Aber der Weg über grüne Bergwiesen hinauf zu dem Lawinenhang war weit. Vor jeder Wegbiegung dachte Kleiner Mond, gleich dahinter müsse der Hang beginnen, doch immer täuschte ihn der Berg. Es ging über Steine und Felsen, über schmale Grate, und Kleiner Mond wagte weder nach oben, noch nach unten zu schauen aus Angst, es könnte ihm schwindlig werden. Er kletterte schon lange im Schatten des Berges, als er endlich den Fuß des Abhangs erreichte.

Aus der Nähe sah er, dass, was er aus der Ferne für eine Hochebene gehalten hatte, in Wahrheit eine zerklüftete Felsenlandschaft war, die nur hier und da ein wenig Platz ließ für grüne Wiesen und gelegentlich für einen verkrüppelten Strauch oder Baum. Kleiner Mond sah weit oben im Hang einen Weidenzweig sich leicht im Wind bewegen. Oder hatte ihn ein Tier berührt auf dem Weg in sein Versteck? Im selben Augenblick traf ein Sonnenstrahl den Zweig. »Dort muss ich hin«, dachte Kleiner Mond. »Dort muss es fruchtbaren Boden geben.«

Kleiner Mond kletterte weiter. Der Fels war kalt, an schattigen Stellen lag schmutziger Schnee und ein scharfer Wind wehte vom Tal herauf. Kleiner Mond kroch die Müdigkeit in die Glieder, seine Hände waren blutig gerissen. Er hielt einen Augenblick inne und entdeckte den ersten Stern am Himmel.

»Ich finde sie nie«, dachte er und wischte sich die tropfende Nase am Ärmel seiner Jacke ab. »Und wenn ich mich hier oben verlaufe, findet mich nicht mal das Pferd. Ich muss ein Nachtlager suchen, wenn ich nicht erfrieren will, denn hinabsteigen kann ich im Dunkeln auch nicht ...« Mitten in diesen Gedanken musste Kleiner Mond lachen. War das nicht alles sehr komisch? Er kletterte auf einem unbekannten Berg herum, suchte etwas, was womöglich nur ein Hirngespinst war, und fürchtete sich vor dem Abend und den Nebeln der Dämmerung, die sich über die Bergwiesen legten.

Kleiner Mond begann zu laufen. Quer zum Hang lief er, dass die Steine in die Tiefe polterten und Vögel schreiend von ihren Felsennestern aufflogen. Erst ein Vogel, der ihn angriff und mit dem Flügel streifte, brachte Kleiner Mond zur Besinnung. Hatte Badruk nicht erzählt, dass die dünne Luft hoch oben in den Bergen den Menschen wahnsinnig machte, bevor sie ihn endgültig erschöpfte? Das musste es sein. Er war im Höhenfieber.

Kleiner Mond blieb stehen und überlegte. Es war dunkel, kein Sternenlicht durchdrang den Nebel, der nun den ganzen Berg umhüllte. Von fern hörte er ein schwaches Summen. Er lauschte. So klang ein Wasserfall. Er wandte sich nach links, denn von dort kam das Geräusch. Vielleicht würde er ein Nachtlager finden.

Er ging langsam, vorsichtig den Weg mit den Füßen ertastend. Aber seltsam, plötzlich war es, als wären regelmäßige Abstände zwischen den Steinen, auf die er die Füße setzte. Konnte es hier oben eine Treppe geben? Das war doch nicht möglich. Aber unter seinen Füßen waren Stufen; Kleiner Mond spürte es ganz deutlich und begann sie zu zählen. Bei der siebzigsten Stufe roch er Wasser, und es war ihm, als träfen ihn die ersten Spritzer. Nach neunundneunzig Stufen stand er am Fuß des Wasserfalls.

Das Wasser stürzte in einen Fluss, in dem die Sterne funkelten, denn plötzlich war der Nebel wie weggewischt. Auf dem Fluss schaukelte ein Boot und zerrte an der Leine, mit der es am Ufer befestigt war. Flache Steine waren aufgeschichtet zu einem Landungssteg. Kleiner Mond betrachtete den Pfahl, um den die Bootsleine so lose geschlungen war, als hätte der Ruderer nur für kurze Zeit sein Boot vertäut. Da hörte er ein leises Rascheln. Ein Steinchen hüpfte die Treppe herunter und traf ihn an der Wange, bevor er ausweichen konnte. Kleiner Mond schaute nach oben und sah, wie ein riesiger schwarzer Bär sich auf die Hinterbeine stellte. Für einen Augenblick sah er ein weißes Zeichen auf der Brust des Tieres, dann kam es schon mit einem bösen Brummen auf ihn zu.

Kleiner Mond hatte nicht gewusst, wie schnell Bären sein können. Er sprang ohne zu überlegen in das schaukelnde Boot, machte in fieberhafter Eile die Leine los und wollte nach den Rudern greifen, als er über die Vorderbank stolperte und die Ruder dabei ins Wasser stieß. Führerlos schoss das Boot in die Mitte des Flusses, schlingernd von Strudel zu Strudel und bockig wie ein wild gewordenes Pferd.

Das Boot war leicht, aber es war ein gutes Boot. Kleiner Mond gelang es bald, das Gleichgewicht zu finden. Er setzte sich auf und sah unglaublich schnell die Ufer vorbeijagen. Einmal rammte das Boot einen Felsblock, doch es kenterte nicht. Kleiner Mond hatte sich an der Ruderbank festhalten wollen und bemerkt, dass sie lose war. Jetzt packte er sie, setzte sich ins Heck des Bootes und steuerte und paddelte mit dem schmalen Brett. Aber seine Kräfte reichten nicht aus gegen die Strömung; er konnte das Ufer nicht erreichen.

»Ich muss wenigstens die Richtung halten«, dachte er und benutzte das Brett nur noch, um das Boot zu lenken. »Irgendwann muss die Strömung schwächer werden.«

Doch der Fluss schien endlos. Eine Zeit lang ging es durch dichten Nebel. Danach hielt Kleiner Mond nach dem Sternbild des Großen Bären Ausschau, mit dem er die Himmelsrichtung hätte herausfinden können, in die der Fluss floss. Aber der Sternenhimmel war zu fremd, als dass er ihm eine Hilfe hätte sein können. Und die ganze Zeit musste er auf Felsen und Klippen achten, deren schwarze Rücken aus dem Wasser ragten.

Dann schien es plötzlich, als versinke alles im nachtschwarzen Dunkel. Der Fluss schoss in eine enge, tiefe Schlucht. Immer heftiger wurde die Strömung, immer schneller trieb das Boot und Kleiner Mond hörte deutlich das Brodeln und Brausen einer Stromschnelle. Es gab keinen Ausweg.

Kleiner Mond drückte sich flach auf den Boden des Bootes. Er hörte das Rauschen und Zischen des Wassers, hörte, wie sein Angstschrei von den Felswänden widerhallte, und spürte, wie es in die Tiefe ging. Dann wurde es plötzlich still und Kleiner Mond öffnete die Augen. Er befand sich unter der Erde. Der Fluss war in eine Höhle gestürzt.

Kleiner Mond wusste, dass er besser liegen blieb. Er erinnerte sich an den Fluss, der unter Korrs Höhle geflossen war. Vielleicht wurde die Strömung jetzt schwächer und er konnte irgendwo ans Ufer. Immer noch ging es in schneller Fahrt dahin.

Ab und zu tastete Kleiner Mond vorsichtig nach der Höhlendecke. Oder er rief seinen Namen, um durch das Echo herauszufinden, wie groß die Höhle war, in der er sich befand. So ging es, schien es ihm, stundenlang. Er fror, sein Rücken wurde steif, seine Hände schmerzten, und seine Füße waren taub, weil er sie so fest er konnte gegen die Bootswand stemmte. Da endlich ließ die Strömung nach.

Kleiner Mond schaute noch immer nicht über den Bootsrand; aber er merkte am Geruch, dass sich etwas verändert hatte. Er roch deutlich Erde, nicht mehr nur Wasser und Stein. Etwas Süßes, Weiches war in der Luft. Der Duft von Blumen! Nur noch kaum wahrnehmbar glitt das Boot dahin. Kleiner Mond sah graues Licht, dann war es, als regnete es warmen Schnee. Das Boot trieb gegen einen Ast, der übers Wasser ragte, und blieb liegen. Als Kleiner Mond begriff, traf ihn der erste Strahl der Morgensonne.

13

Kleiner Mond setzte sich auf. Er konnte nicht erkennen, wo er sich befand; es war alles viel zu hell für seine an die Dunkelheit gewohnten Augen. Um ihn war ein Glanz wie von zinnoberroter Seide, er spürte eine Kühle wie von taubedeckten Fliederzweigen und in der Luft war ein geheimnisvolles Flüstern. Kleiner Mond schnupperte und meinte den Duft von feinem Tee zu riechen. Er selber war von Flaum bedeckt, der ihm in den Haaren und auf den Schultern hing, der sich auf den Planken des Bootes sammelte und immer noch wie Schnee vom Himmel fiel.

»Blumen!«, rief Kleiner Mond aus. »Es sind Blüten!« Und er griff nach dem weißen Flaum und befühlte ihn mit den Fingerspitzen. »Ob ich tot bin?«, überlegte er. »Tot und im Paradies? Aber wenn ich tot wäre, würden mich die seltsamen Blüten kaum in der Nase kitzeln, dass ich gleich niesen muss. Tote niesen wahrscheinlich nicht und tragen keine zerrissenen Hosen und verschrammten Stiefel – und bestimmt sind sie nicht hungrig.«

Kleiner Mond bog seinen Rücken gerade und

betrachtete den Fluss, der ruhig dahinfloss, von hohen, blühenden Azaleenbäumen gesäumt. Unter den Bäumen wucherten Büsche, zwischen deren dichtem Blattwerk nur hier und da ein samtgrauer Zweig zu erkennen war. Sonst schien das Dickicht undurchdringlich.

Der Ast, an dem das Boot hängen geblieben war, hatte sich unter der Last seiner Blüten übers Wasser gebogen. Kleiner Mond sah, dass er zur Hälfte vom Stamm gebrochen war. Die Bruchstelle war frisch und tropfte noch von Harz. Konnte der Ast von selbst gebrochen sein?

Während Kleiner Mond noch überlegte, sah er, wie ein Zweig im Uferdickicht sich bewegte. Ein Vogel? – Nein. Kleiner Mond spürte, dass er beobachtet wurde. Er tastete nach seinem Bogen.

»Rühr ihn nicht an!«, sagte eine Stimme.

Kleiner Mond schaute nach oben, von wo die Stimme gekommen war. Dann musste er lachen. Genau über ihm hockte in einer Astgabel ein Mädchen, in dessen Zehennägeln sich die Sonne spiegelte. Ihr Kleid hatte so genau die Farbe der Blüten, dass es schien, als wäre sie auf dem Baum gewachsen.

»Rühr ihn nicht an!«, wiederholte sie.

»Keine Sorge«, sagte Kleiner Mond. »Ich will nicht auf dich schießen. Ich dachte nur …« Er sah dem

Mädchen in die Augen und merkte plötzlich, dass er überhaupt nichts dachte.

»Du bist aus dem Berg gekommen«, sagte das Mädchen.

»Ja«, sagte Kleiner Mond.

Das Mädchen kletterte vom Baum herunter in die Büsche und packte das Boot beim Bug. »Du hast die Ruder verloren. Steig aus, so können wir nicht fahren!«

Kleiner Mond gehorchte. Das Mädchen hatte das Boot fest im Griff. Als Kleiner Mond am Ufer war, zog sie es an Land.

»Hast du ein Messer?«, fragte sie. »Du kannst den Ast vollends abschneiden, aber tu dem Baum nicht unnötig weh.«

Kleiner Mond nahm sein Messer und machte sich an der Bruchstelle zu schaffen; das Holz war weich und leicht zu schneiden. Dann sah er, wie das Mädchen ins Wasser stieg. »Was hast du vor?«, fragte er.

»Die Blüten pflücken. Wie sollen wir zum Pavillon rudern, wenn im Boot keine Blumen sind?«

»Natürlich.« Das war ja klar. Kleiner Mond wunderte sich, warum er überhaupt gefragt hatte. Und noch etwas wunderte ihn, aber was, hatte er im selben Augenblick vergessen.

Kleiner Mond und das Mädchen arbeiteten zusammen, lautlos und schnell, als hätten sie ihr Leben lang nichts anderes getan. Das Mädchen brach Zweig um Zweig, pflückte die Blüten und verteilte sie auf dem Boden des Bootes. Als alle Zweige von dem Ast entfernt waren, schälte Kleiner Mond die dünne Rinde ab. So hatten sie eine lange Stange, mit der sie das Boot manövrieren konnten.

»Warum tust du das?«, fragte Kleiner Mond, als das Mädchen die Rindenspäne aufhob und ins Boot lud.

»Man soll die Bäume nicht ärgern«, antwortete das Mädchen, als wäre es die selbstverständlichste Sache der Welt. »Gib mir die Stange, es ist Zeit aufzubrechen.«

Sie stiegen ins Boot. Das Mädchen setzte sich mit der Stange ins Heck; Kleiner Mond saß in der Mitte des Bootes, ihr gegenüber. Das Mädchen stieß das Boot vom Ufer ab.

Während sie gemächlich den Fluss hinuntertrieben, hatte Kleiner Mond Zeit, seine Begleiterin genauer zu betrachten. Ihr rötlich schimmerndes Seidenkleid war nun nass und klebte an ihrem Körper. Ihre Haut war tiefbraun, und wenn sie beim Steuern des Bootes die Arme oder Beine bewegte, sah man jeden Muskel. Sie hatte eine hohe Stirn und hervortretende, aber sanft gezeichnete Backenknochen. Ihr Haar war schwarz und zu einem langen Zopf geflochten. Ihre Augen hatte Kleiner Mond schon irgendwo gesehen. Aber wo? Wer war sie?

»Ich bin ich«, sagte das Mädchen und lachte. »Wenn du auf einem Namen bestehst, nenn mich Dunkle Sonne. Obwohl Namen keine Rolle spielen.« Sie steuerte, immer noch lachend, zur Flussmitte.

Kleiner Mond nickte verlegen. Namen spielten wirklich keine Rolle. Er kannte das Mädchen längst.

Die Sonne stand hoch am Himmel, aber es war weder warm noch kalt. Die Blumenufer verströmten ihren einschläfernden Duft.

Das Mädchen benutzte die Stange nun zum Staken und brachte so das Boot ein wenig schneller voran. Kleiner Mond hatte Zeit, Vögel mit Seidenflügeln zu beobachten, Goldfische mit durchscheinenden Schwalbenflossen und die Blüten des Lotus in den sanften Biegungen des Flusses. Doch mit der Zeit wurde ihm langweilig.

»Lass mich die Stange nehmen«, schlug er vor.

»Du hast schon die Fangschlinge und den Bogen«, sagte das Mädchen, ohne ihn anzusehen.

»Und?« Kleiner Mond war verärgert. Wie kam sie dazu, ihn so zu behandeln?

»Wer das Boot lenkt, kann keine Waffen tragen«, sagte das Mädchen.

»Wieso nicht? Männer tragen immer ihre Waffen, sie stören sie nicht.«

Das Mädchen lachte. Machte sie sich über Kleiner Mond lustig?

»Los, wir tauschen die Plätze!«, sagte er böse.

»Nein.« Jetzt klang die Stimme des Mädchens ernst und bestimmt. »Du kennst den Azaleenfluss nicht. Niemand, der noch das Gewicht der Berge auf den Schultern hat, kann auf ihm die Richtung halten. Leg den Bogen und die Schlinge weg, wenn du mir helfen willst.«

Kleiner Mond zögerte. Das Boot schaukelte sanft. Die Bäume beugten sich weit über die Ufer und hin und wieder fielen Blütenblätter herab. Eins traf die Nase des Mädchens und blieb liegen. Sie pustete es fort und lächelte. Da legte Kleiner Mond die Waffen ab. Erst jetzt bemerkte er, wie schwer sie wogen.

»Leg sie auf die Späne!« Das Mädchen lächelte immer noch.

Kleiner Mond gehorchte. Dann betrachtete er lange seinen Bogen. Er wirkte schwarz und schwer auf den Stücken von frischer Rinde; die spitzen Pfeile lagen fremd und abweisend in dem blumengeschmückten Boot. Kleiner Mond kam sich nackt und schutzlos vor.

»Wolltest du nicht auf meinen Platz?« Das Mädchen streckte ihm die Hand entgegen.

»Ja«, sagte Kleiner Mond. »Du musst müde sein.«

»Vielleicht, vielleicht nicht«, sagte das Mädchen, und Kleiner Mond spürte den Duft ihrer Haare, als sie vorsichtig die Plätze tauschten.

Von nun an lenkte Kleiner Mond das Boot den Blütenfluss hinunter, in dem der merkwürdige Tag sich spiegelte. Schwärme kleiner Fische schwammen dicht unter der Wasseroberfläche und aus einem Schilfgürtel flogen schreiend Mandarinenenten auf. Das Mädchen saß schweigend, hielt ihr Gesicht in die Sonne und ließ sachte die Finger durchs Wasser gleiten. Mit leichten Bewegungen des Kopfes wies sie Kleiner Mond die Richtung.

Nach und nach verwandelten sich die Ufer. Die blühenden Bäume machten saftigen Wiesen Platz.

»Sieh an«, sagte Dunkle Sonne, als sie einen Storchenhals neugierig aus dem hohen Gras auftauchen sahen, »da ist schon die Wiese, auf der die Störche tanzen. Jetzt ist es nicht mehr weit bis zum Pavillon.«

»Stimmt«, sagte Kleiner Mond. »Nur noch die Furt der bunten Steine, dann sind wir schon am Grünen See.«

Es hätte nicht viel gefehlt und Kleiner Mond wäre vor Schreck ins Wasser gefallen. Woher wusste er diese Namen? Und wieso kannte er den Weg? Doch der Schreck währte nur einen Augenblick, dann schien Kleiner Mond wieder alles richtig, wie es war.

»Fahr nicht gegen die Steine!«, sagte das Mädchen. Die Ufer waren jetzt verschwunden. Sie fuhren mitten durchs Schilf.

»Natürlich nicht.« Kleiner Mond packte die Stange und stieß sie fest in den Grund. Im selben Augenblick gab es einen heftigen Schlag gegen die Unterseite des Bootes und Dunkle Sonne kippte fast ins Wasser. Als sie sich am Bootsrand festhalten wollte, schlug sie mit der Hand gegen die harte Kante.

»Hast du dir wehgetan?«, fragte Kleiner Mond. »Das wollte ich nicht.«

Das Mädchen rieb sich die verletzte Hand. »Es ist nicht schlimm. Und du kannst ja die bunten Steine nicht kennen. Sie ändern ständig ihren Platz. Auch ich weiß nie, wo sie gerade sind.«

Kleiner Mond nickte. Trotzdem war ihm nicht wohl in seiner Haut. Dunkle Sonne hatte zarte Hände, er hätte besser aufpassen müssen.

Aber er hatte nicht lange Zeit, über seinen Fehler nachzudenken, denn urplötzlich lag vor ihnen glänzend und glatt der Grüne See. Sein Wasser war wirklich von sanftestem Grün, an den Ufern wuchsen Lotus und zartfingriges Schleierkraut. Der Himmel wölbte sich wie eine schützende Glocke über dem Wasser, in dem spiegelverkehrt die Wolken hinzogen, und weit entfernt von Kleiner Mond, dem Mädchen und dem Boot, so weit wie zehn Pfeile fliegen, lag schimmernd wie Jade eine Insel, die eine Marmorbrücke mit den bewaldeten Hügeln des Festlands verband. Hinter diesen Hügeln erhob sich drohend ein Gebirge, bei dessen Anblick Kleiner Mond schauderte, denn es erinnerte ihn an Dinge, die er schon fast vergessen hatte.

»Wir sind da«, sagte Dunkle Sonne.

Tatsächlich waren sie schon bei der Insel angelangt. Ein marmorner Landungssteg führte ans Ufer, an Marmorpfählen waren Boote vertäut. Das waren merkwürdige Pfähle: Keiner war wie der andere und in alle waren kunstvoll Gestalten gemeißelt. Da gab es Soldaten und nachdenkliche Gelehrte, ein Stier blickte starr ins Wasser, es gab Rehböcke mit spitzen Hörnern, glotzäugige Fische und stolze Löwen mit erhobenen Pranken. Das Mädchen schlang die Bootsleine um den Hals eines Pferdes. Kleiner Mond legte die Stange ins Boot, nahm Dunkle Sonne bei der Hand, und zusammen liefen sie zur Mitte der Insel, wo auf einer Anhöhe der Pavillon stand.

14

Wie viel Zeit mochte inzwischen vergangen sein? Es war Abend. Kleiner Mond lag wohlig müde auf einem Seidendiwan, von dem aus er den Grünen See überblicken konnte. Alles war still. Nur hin und wieder trug ein Lufthauch das Plätschern einer Welle oder das Rascheln von Bambus zu dem Pavillon.

Kleiner Mond streckte sich seufzend. Wo war Dunkle Sonne? Seltsam, wie sehr er sich schon an ihre Nähe gewöhnt hatte. Aber sie war auch eine besondere Freundin. Sie kannte alle Pflanzen und Tiere, sie wusste ihre Namen und kannte ihre Gewohnheiten. Ohne Scheu redete sie mit der Golddrossel, mit den tanzenden Störchen und den jungen Füchsen, deren Schnauzen lustig zuckten, wenn sie in die Sonne schauten. Die Fische kamen und fraßen ihr aus der Hand; ein fetter Karpfen ließ sich von ihr sogar den fleckigen Rücken streicheln. Auch vor den Bären, die sich gemächlich durchs Bambusdickicht fraßen, hatte Dunkle Sonne keine Angst. Sie konnte alles, was Kleiner Mond immer hatte können wollen. Sie baute Drachen, die wirklich flogen, tauchte nach glitzernden Jadesteinen auf dem Grund des Grünen Sees und bewegte sich in den Labyrinthen des Azaleendschungels wie eine rote Katze. Und was für Geschichten sie erfand! Heute Abend würde sie ihm eine besonders spannende erzählen, das hatte sie ihm versprochen.

Wo blieb sie nur? Er erinnerte sich, dass sie am Morgen etwas von dem Mantel der Geschichtenerzählerin gesagt hatte und von ihrer Flöte, die sie bereitlegen musste.

»Sie wird irgendwo ein Schwätzchen halten«, dachte Kleiner Mond und musste im selben Augenblick über den Gedanken lächeln. Sie waren ja allein auf der Insel und in dem Pavillon. Darüber wunderte er sich manchmal; dann fragte er sich, wo sie eigentlich waren, wo ihr Essen herkam, ihre Kleider und all die anderen Dinge auf der merkwürdigen Insel. Aber das dauerte nie lange; dann kam es ihm wieder so vor, als sei alles immer schon so gewesen und würde für alle Zeiten so bleiben. Immer schon hatte er mit Dunkle Sonne in dem Pavillon gespielt und immer würde er in ihren Armen schlafen.

Kleiner Mond schreckte aus seinen Gedanken auf. Vom See klang der schrille Schrei eines Reihers herüber. Ein kalter Luftzug wehte in den abendblauen Pavillon und durch die Vorhänge ging ein ängstliches Zittern.

»Ich bin's«, sagte eine Schattengestalt in der dunklen Zimmerecke.

»Dunkle Sonne! Puh, hab ich mich jetzt erschrocken. Ich hab deine Schritte gar nicht gehört. Wo warst du so lange und was soll der komische Aufzug?«

»Für eine gute Geschichte braucht es Vorbereitungen«, sagte Dunkle Sonne und hob die Arme. Die weiten Ärmel ihres schwarzen Mantels raschelten wie die Flügel einer Fledermaus. »Komm, Kleiner Mond, auch der Zuhörer muss sich vorbereiten. Als Erstes will ich dir ein Spiel beibringen.«

»Ein Spiel?« Kleiner Mond blies verächtlich die Luft aus den gefüllten Backen. »Ich bin müde und du wolltest mir was erzählen.«

Dunkle Sonne überhörte einfach, was er sagte. Sie kniete sich auf den Teppich vor dem niedrigen Tisch, der dem Seidendiwan gegenüberstand, und setzte rote und schwarze Steine auf ein Brett mit Feldern in denselben Farben. Kleiner Mond sah ihr zu. Etwas Strenges, Feierliches ging plötzlich von ihr aus; ihr Gesicht war blass und hatte nichts mehr von der Heiterkeit, die er so mochte. Ein ängstlicher Gedanke streifte Kleiner Mond. Er bemerkte ihn, wie man bemerkt, dass eine Tür sich hinter einem heimlich schließt; doch er hatte keine Zeit zurückzugehen, um die Tür zu öffnen.

»Schau, Kleiner Mond«, sagte das Mädchen. »Ich habe die Steine in je drei Reihen aufgestellt. Man bewegt sie in dem Spiel nur über die roten Felder, und jeder Stein tut, wenn er an der Reihe ist, nur einen Schritt: einen kurzen zum nächsten freien Feld oder einen langen – siehst du: so –, wenn er einen anderen überspringt. So ist jeder Stein zugleich ein Wanderer und ein Hindernis, das, wenn es übersprungen ist, vom Brett genommen wird. Am anderen Ende des Brettes angekommen, werden die Steine frei und können über die Länge ihrer Schritte selbst bestimmen. Sie dürfen dann von hier nach da, von hier nach da und übers ganze Brett mit einem einzigen langen Schritt. – Hast du's verstanden?«

»Man überspringt, was im Weg ist, und darf nur schräg übers Brett?«

»Genau. Und man muss springen, wenn man kann, sonst verliert man den Stein vor dem Hindernis.«

»Und wer hat gewonnen?«, fragte Kleiner Mond, der anfing, sich für das Spiel zu interessieren.

»Gewonnen?« Dunkle Sonne lächelte. »Erst willst du nicht spielen und jetzt willst du schon gewinnen.« Sie hob die Augenbrauen, überlegte einen Augenblick und warf den Zopf zurück, der auf ihrer Schulter gelegen hatte wie eine schlafende schwarze Schlange. »Es gibt zwei Möglichkeiten. Ich spiele es meistens so, dass der gewinnt, der seine Steine noch hat; aber es geht auch umgekehrt. Du kannst es dir aussuchen.«

Kleiner Mond zögerte. Er sollte das Spiel ja erst lernen, und Dunkle Sonne konnte es wahrscheinlich so gut wie alles, was sie konnte. Manchmal ärgerte es ihn doch, dass sie in allem so viel geschickter war.

»Wir spielen es umgekehrt«, sagte er.

»Gut«, sagte Dunkle Sonne lächelnd. Wenn sie lächelte, sah sie so aus, wie er sie kannte. »Gut. Dann hat der gewonnen, der zuerst keine Steine mehr hat. – Du fängst an, Kleiner Mond, denn du hast die roten Steine. Wenn du willst, können wir das erste Spiel als Probe ...«

»Nein«, unterbrach sie Kleiner Mond. »Ich hab die Regeln verstanden und schon viel schwierigere Spiele gespielt. Kennst du das Spiel mit den Türmen und Bauern, in dem man den König gefangen nehmen muss? Es ist ...« Kleiner Mond hielt mitten im Reden inne. Da war wieder dieser flüchtige ängstliche Gedanke, den er nicht festhalten konnte. Aber da war auch ein Stück Erinnerung, ein Bild: ein Zelt, der Lichtschein einer schwachen Lampe und zwei Männer, die einander gegenübersaßen. Kleiner Mond saß bei ihnen, so nah, dass er den Duft des Tees riechen konnte, den sie aus weißen Schalen tranken. Er hatte dem großen schwarzen Fremden

Tee nachgeschenkt und ihn bei seinem nächsten Zug beraten ... An dieser Stelle löste sich das Bild auf wie ein Traum. Kleiner Mond schüttelte den Kopf und machte den ersten Zug.

Sie spielten stumm, erst langsam und bedächtig, dann hüpften die Steine immer früher, immer schlauer über das Brett. Die Lampe flackerte, der Wind flüsterte im Bambusblätterdach des Pavillons. Dunkle Sonne gewann immer noch, manchmal nur um einen Stein, der verloren zwischen den leeren Feldern stand, aber sie gewann. Kleiner Mond legte die Stirn in Falten, er raufte sich die Haare und biss sich auf die Zunge vor Anstrengung, aber Dunkle Sonne durchkreuzte seine raffiniertesten Pläne. Als sie wieder einmal die Steine neu aufs Brett setzte, sagte er: »Ich fange an, das Spiel zu begreifen. Man braucht einen Plan, schon vom ersten Zug an. Es ist, wie wenn man eine große Pferdeherde treibt: Es gibt Braune und Schecken und Stuten und Fohlen, und alle bewegen sich, wie es ihnen passt, und trotzdem bringen die Hirten immer die ganze Herde auf die neue Weide. Sie müssen nur sehen, dass die Tiere immer zusammenbleiben.«

»Stimmt.« Wieder lächelte das Mädchen. »Man muss an das Ganze denken. – Aber wieso sprichst du von Pferden? Hast du welche gehütet?«

»Ja. Aber lass uns weiterspielen.«

»Wo hast du Pferde gehütet, Kleiner Mond?«

»Irgendwo. Was spielt das für eine Rolle? Guck, wie ich anfange. Diesmal gewinne ich.«

Dunkle Sonne sah ihn an, als wollte sie erraten, was er vorhatte. Aber das würde ihr nicht gelingen. Kleiner Mond war es, als könnte er den Verlauf des Spiels voraussehen bis zum Ende.

Diesmal spielte Dunkle Sonne langsam. Sie dachte nach und kaute am Ende ihres Zopfes. Ihre schlanken Finger schwebten lange über dem Brett, bevor sie auf die Steine herunterstießen wie ein Falke. Kleiner Mond dagegen zögerte nie. Zug um Zug bewegte er seine Steine, ruhig und sicher, bis er seinen letzten roten Stein dem letzten schwarzen als Beute anbieten konnte.

Doch Dunkle Sonne übersprang das Hindernis nicht. Bedächtig setzte sie den schwarzen Stein auf den roten und legte die Hände in den Schoß. Sie schwieg lange, dann sagte sie: »Du hast gewonnen, Kleiner Mond. Aber kannst du mir sagen, warum?«

»Ich weiß nicht.« Kleiner Mond starrte auf das Brett und sah noch einmal alle seine Züge vor sich. »Es war alles ganz klar. – Vielleicht, weil ich plötzlich wusste, wie man im richtigen Augenblick verliert.«

»So ist es. Man muss verlieren können, damit man gewinnen kann.« Dunkle Sonne seufzte, dass die Flamme der Lampe zitterte. »Und jetzt, wo du das endlich weißt, kann ich dir die Geschichte erzählen. Aber vorher müssen wir uns stärken. Komm, der Tisch ist schon gedeckt.« Sie stand auf, und als Kleiner Mond sah, wie schön und leicht sie sich bewegte, wurde ihm ganz traurig zu Mute. Sein Herz pochte und er ahnte nicht einmal den Grund.

Es wurde ein festliches Mahl. Noch nie hatte Kleiner Mond solch eine Tafel gesehen. Sie aßen aus Schalen von hauchdünner Jade, mit Stäbchen aus Gold und Elfenbein. Weiße Blumen schmückten den Tisch und der Duft der Speisen schmeichelte der Nase. In den Trinkschalen war Tee, der nach blühenden Wiesen roch und dem kristallklaren Wasser der Berge. Kleiner Mond saß erst schüchtern vor der Pracht, doch als Dunkle Sonne plauderte und lachte, verlor auch er alle Scheu.

Sie aßen rotes Krabbenfleisch und weißen Fisch, scharf gewürzte Stücke vom Schwein und knuspriges Gemüse, probierten feurige Soßen und feine Pasteten. Sie schenkten sich gegenseitig die leckersten Bissen, und als Kleiner Mond den letzten Schluck Tee aus seiner Schale schlürfte und über den Schalenrand blinzelnd sah, wie Dunkle Sonne über seine Gefräßigkeit lachte, da fühlte er sich am glücklichsten Ort der Welt und Dunkle Sonne und er schienen ihm die glücklichsten Geschöpfe unter dem Himmel.

»Ich glaub, ich hab mich kugelrund gegessen«, stöhnte er. »Ich bin nicht sicher, ob ich dir noch zuhören kann.«

»Wieso zuhören?«, fragte Dunkle Sonne.

»Nun hör schon auf, du weißt doch, dass du mir eine spannende Geschichte versprochen hast.«

»Aber vielleicht will ich sie gar nicht mehr erzählen.« Dunkle Sonne schlug die Augen nieder. Sie schien plötzlich wieder ernst.

»Versprochen ist versprochen und es ist auch noch nicht spät.« Kleiner Mond stand auf und ging zum Fenster. »Der Mond steht ganz tief, du kannst noch nicht müde sein.«

»Und wenn ich gar nicht mehr sicher wäre, ob du die Geschichte auch hören willst?«

»Du musst Wort halten.«

»Ja.« Sie stand auf und kam zu ihm ans Fenster. Das Mondlicht lag bleich auf dem schlafenden See. »Ja, das muss ich. Aber erzähl du erst, wo du Pferde gehütet hast.«

»Was haben die Pferde mit deiner Geschichte zu tun? Außerdem kann ich mich kaum noch an die Zeit erinnern – vielleicht hab ich nur davon geträumt.«

»Es ist wichtig«, sagte Dunkle Sonne. »Wenn du dich erinnern würdest, müsste ich die Geschichte nicht erzählen.«

Kleiner Mond sah sie verwundert an. Manchmal verstand er sie nicht. Sie war ihm vertraut, sie waren Freunde, und dennoch war etwas an ihr, was ihm unheimlich war und fremd. Nie hatte er das so stark empfunden wie jetzt, wo sie in dem seltsamen schwarzen Mantel neben ihm stand.

»Hör zu«, sagte er, »wir lassen die Geschichte. Oder du kannst sie mir morgen erzählen, wenn wir rudern oder Blumen pflücken gehen.«

»Nein, Kleiner Mond. Nur heute Abend ist das Mondlicht, wie wir es brauchen. Leg die Kissen da auf den Boden!«

Kleiner Mond gehorchte. Er löschte die Lampe und stellte den Tee bereit, dann verneigte er sich zum Scherz und sagte: »O große Geschichtenerzählerin, meine schwachen Ohren sind gespitzt, Eure Geschichte zu hören.«

»Verehrter Herr«, Dunkle Sonne verneigte sich ebenfalls, »meine dumme Geschichte langweilt Sie hoffentlich nicht zu Tode.«

Und nachdem sie nun beide gesprochen hatten, wie es sich vor einer Geschichte gehört, setzten sie sich einander gegenüber. Dunkle Sonne wartete einen Augenblick. Dann holte sie mit zarten Fingern ihre Flöte hervor, spielte ein Lied, das wie ein Hauch über dem matt spiegelnden See verklang, und begann zu erzählen.

15

»Weit, weit in der Mongolei, wo Himmel und Erde aneinander stoßen, lebte ein Junge …«, begann Dunkle Sonne. Ihre Stimme klang weich und tief, ihre Hände zeichneten Bilder und Länder, Menschen und Tiere, Tage und Nächte in die Luft. Sie erzählte von der Steppe, von einem Jungen und einem Pferd, und Kleiner Mond hörte atemlos von einer Reise über Berge und Täler ins ferne China. Die Große Mauer erhob sich vor seinen Augen, er sah den Kaiser vor sich, wie er hochmütig und sanft zugleich den Jungen begrüßte, und er hörte einen langnasigen Fremden von fernen Ländern berichten. Kleiner Mond erhob sich mit in die Lüfte, floh mit dem Jungen aus dem gefährlichen Zirkus und hörte gespannt die Worte, die der Weise Vater gesprochen hatte. Er verirrte sich mit in den eisigen Höhen des Berges und wünschte, Dunkle Sonne hätte aufgehört zu erzählen, denn die Geschichte ängstigte ihn fast zu Tode. Aber Dunkle Sonne erzählte weiter, erzählte, wie der Junge mit knapper Not einem Bären entkam, wie er in ein Boot sprang, das ihn den reißenden Fluss hinuntertrug und unter dem finsteren Berg hindurch, bis er in das Land der betörenden Düfte, das Land der Blumen, kam.

Und da verstand Kleiner Mond: »Das bin ich, Dunkle Sonne, der Junge bin ich!« Er sprang auf und schlug die Hände vor die Augen.

Dunkle Sonne blieb stumm.

»Wir sitzen nicht mehr im Licht«, sagte Kleiner Mond, nachdem sie lange geschwiegen hatten.

»Nein«, sagte Dunkle Sonne. »Der Mond steht längst im höchsten Punkt. Wir müssen die Lampe anzünden.«

Doch als sie aufstand, packte Kleiner Mond sie beim Handgelenk. »Warte noch! Erst musst du mir erklären, wie so etwas möglich ist. Es war meine Geschichte – aber wie konnte ich sie vergessen?«

»Es ist nichts unmöglich, Kleiner Mond – und das Wichtigste ist, wie die Geschichte endet.«

»Aber es ist doch schon alles zu Ende. Von mir wird der Kaiser keine Geschenke bekommen, und das Pferd und die Weisen Väter werden sagen, ich hätte sie enttäuscht.« Kleiner Mond wurde plötzlich wütend. »Und du bist schuld! Du hättest mir gleich erzählen sollen, was du weißt.«

»Nein, Kleiner Mond. Erinnerst du dich an die Worte des Weisen Vaters? Er sagte, die immerwachsende Blume findet jeder nur einmal im Leben und es gehört Glück dazu und ein Wunder. Ich aber weiß, dass kein anderer Weg zu der Blume führt als der Azaleenfluss.«

»Was spielt das noch für eine Rolle?«, sagte Kleiner Mond. »Ich bin ja schon eine Ewigkeit hier.«

»Wirklich?«, fragte Dunkle Sonne.

Die ganze Zeit war Kleiner Mond auf und ab gegangen, jetzt blieb er stehen. Ja, wie lange war er eigentlich hier? Er wusste es nicht. Es kam ihm so lange vor – und war doch auch wie ein einziger Tag. Er betrachtete seine Fingernägel und fuhr sich in die Haare. Nein, die Fingernägel waren nicht länger geworden und auch die Haare nicht. Sie waren noch wie an dem Tag, als er die Weisen Väter besuchte.

»Ich weiß nicht«, sagte er. »Was meinst du, ist man verrückt, wenn man die Zeit nicht mehr kennt?«

»Dir fehlt nichts«, sagte Dunkle Sonne. »Weißt du nicht mehr, wie du mit Korr geredet hast, der seit zigtausend Jahren zu Staub zerfallen war?«

»Aber das war ein Traum!«

»Nein, Kleiner Mond. Es gibt Orte und Augenblicke, wo alle Zeit aufhört und das Vergangene wie das Gegenwärtige und Zukünftige ist. Sei also ganz ruhig. Dort, wo das Pferd und der Weise Vater auf dich warten, sind inzwischen erst ein Tag und eine Nacht vergangen. Du hast also noch Zeit, die immerwachsende Blume zu suchen. Du musst nur wollen.«

»Aber natürlich will ich!«, rief Kleiner Mond aus.

»Zusammen werden wir sie finden, nicht wahr? Wo wächst sie? Ist es hier in der Nähe?«

»Das weiß ich genauso wenig wie du«, sagte Dunkle Sonne. »Hast du schon wieder vergessen, dass du sie nur allein finden kannst? – Das heißt, es ist schon eine Weile her, da habe ich gehört, sie wäre ...«

»Du kommst also mit?«, unterbrach sie Kleiner Mond. »Wir suchen die Blume zusammen und wir bringen sie auch zusammen nach Peking. Das Pferd ...«

»Das Pferd kann nicht drei Leute tragen. Der Weise Vater, du und ich, das schafft es beim besten Willen nicht.«

»Aber ich will nicht, dass du allein hier bleibst. Wir sind Freunde.«

»Und du meinst, das ist Grund genug für mich, mit dir zu kommen?«

»Natürlich.«

»Ich komme trotzdem nicht mit. Mein Zuhause ist hier, und ich glaube nicht, dass ich anderswo leben kann. Du musst wählen, Kleiner Mond. Entweder du suchst die Blume, die es vielleicht gar nicht gibt, für einen Kaiser, der so alt ist, dass er noch vor der Sommersonnenwende sterben kann – oder du bleibst bei mir. Wenn du bleibst, werden wir für immer zusammen sein. Wir werden auf der Insel im Grünen See wohnen, erwachsen werden und sehen, wie unsere Kinder Goldfische fangen und auf die Azaleenbäume klettern.«

Kleiner Mond sah zu, wie Dunkle Sonne, während sie sprach, die Lampe anzündete und den Docht kleiner drehte. Sie war so zart, dass man sie unweigerlich beschützen wollte. Und als er die feinen Haarsträhnen sah, die sich über ihren Schläfen kräuselten, da spürte Kleiner Mond, dass er sie nicht verlassen konnte.

»Ich könnte zurückkommen, wenn ich dem Kaiser die Geschenke gebracht habe«, sagte er.

Dunkle Sonne schüttelte den Kopf. »Wenn du gehst, kannst du niemals wiederkommen.«

»Warum nicht? Das Pferd bringt mich bestimmt zurück, wenn ich es darum bitte.«

»Es kennt den Weg nicht«, sagte Dunkle Sonne. »Hierher finden nur Menschen, und auch nur solche, die nach der immerwachsenden Blume suchen.«

Kleiner Mond gab es einen Stich ins Herz bei dem Gedanken, dass vor ihm schon andere mit Dunkle Sonne über den Grünen See gerudert waren. »Haben schon viele nach ihr gesucht?«, fragte er.

»Sieh aus dem Fenster, Kleiner Mond«, sagte Dunkle Sonne. »So viele Pfähle beim Landungssteg stehen, so viele waren schon hier und werden noch kommen.«

»Und allen, die schon hier waren, hast du geholfen?« Kleiner Mond stieß die Frage wütend hervor, denn er brauchte die Pfähle nicht zu zählen, um zu wissen, dass es unendlich viele waren.

»Nein, jedem, der kommt, hilft ein anderer«, sagte Dunkle Sonne.

»Aber wo warst du dann? Du sagst doch, dass du nirgendwo anders leben kannst. Und du sagst, wir könnten für immer hier bleiben. – Du lügst!«

»Ich lüge nicht, Kleiner Mond, und du weißt es. Du bist wütend auf mich, weil du dich nicht entscheiden kannst. Aber das hilft dir nicht weiter. Auch im Spiel kannst du weder gewinnen noch verlieren, ohne die Steine zu bewegen. – Aber es ist schon spät, ich gehe schlafen. Bleib du noch hier und triff deine Entscheidung. Du hast Zeit bis Tagesanbruch, dann kehrt die Zeit hierher zurück. Überlege gut, Kleiner Mond. Denk an die Geschichte, die ich erzählt, und an das Spiel, das ich dir beigebracht habe. Gute Nacht!« Und leicht wie ein Vogel umarmte sie ihn und küsste ihn auf die Wange, bevor sie aus dem Zimmer ging.

Kleiner Mond blieb zurück, allein mit sich und seinen Gedanken. Er musste an die Zeit bei Atlar denken, als er niemanden hatte, keine Eltern und keinen Freund. Er dachte an den mächtigen Kaiser in seinem Palast mit goldenen Säulen und an den

Star aus dem fremden Land im Westen, in das er so gern zurückkehren wollte. Und er dachte an den Weisen Vater in dem Kloster hoch oben in den Bergen, wo das Pferd auf ihn wartete.

»Was geht mich das alles überhaupt an?«, rief er plötzlich aus. »Wenn ich hier bleibe, wird die Erde sich weiterdrehen wie bisher. Früher oder später wird der alte Kaiser sterben, der Star wird nach Hause segeln, das Pferd seiner Wege gehen und der Weise Vater weiter den Rätseln des Lebens nachsinnen. Nur für Dunkle Sonne und mich wird sich alles ändern. Wir werden ein Zuhause haben und miteinander glücklich sein. Warum sollte ich also diesen schönsten Ort der Welt verlassen? Warum weggehen von Dunkle Sonne, wo doch niemand je erfahren wird, was mir zugestoßen ist?« Kleiner Mond hielt in seinem Selbstgespräch inne und sah aus dem Fenster. Der Wind hatte sich gelegt, der See lag spiegelglatt und die Umrisse der Hügel verschwammen im Mondlicht. So mussten Märchenlandschaften sein. »Ich bleibe«, sagte er trotzig. »Ich bleibe und mir wird nie wieder etwas Böses geschehen.«

Geschehen! Kleiner Mond schauderte. So viel war geschehen seit der Nacht, in der ihm der Polarstern den Weg gewiesen hatte. Eine Ewigkeit schien vergangen, seit er seine Wanderung begonnen hatte. Der Junge mit der Feuerkrone – war das wirklich derselbe gewesen, der jetzt in dem Pavillon am Fenster stand und hinaussah auf den Grünen See? Kleiner Mond wusste, dass es so war. »Und er blieb dort und lebte glücklich sein Leben lang«, sagte er laut, als wollte er Dunkle Sonnes Geschichte beenden.

Aber noch während er sich so reden hörte, wusste er, dass die Geschichte so nicht enden konnte. Und plötzlich verstand er, weshalb Dunkle Sonne ihm das Spiel der roten und schwarzen Steine beigebracht hatte. Mit einem Mal sah er seinen ganzen Weg, seine ganze Wanderung vor sich, wie sie begonnen hatte und wie sie enden konnte. Da wusste er, dass er gehen musste. Vor ihm lag noch ein langer Weg, und alles, was ihn auf diesem Weg erwartete, musste er noch erleben. Es war seine Pflicht.

Kleiner Mond ging in die Kammer, in der Dunkle Sonne schon lange schlief. Vor dem Bett blieb er stehen, doch er berührte sie nicht, um sie nicht zu wecken. Sie lächelte im Schlaf. Wenn sie die Augen aufmachte, würde er nicht gehen können. So ging er leise zu der Truhe in der Zimmerecke und holte seine Reisekleider hervor, die in der Pracht des Pavillons schäbig und abgerissen wirkten. Er zog sie an, nahm auch die Pfeile und den Bogen, die Fangschlinge, an der noch der Geruch der Pferde war, den Gürtel und den Beutel. Wie schwer kam ihm die Ausrüstung vor!

Da plötzlich bewegte sich Dunkle Sonne; irgendetwas störte ihren Schlaf. Kleiner Mond stand regungslos. Doch sie war nicht aufgewacht. Langsam, ganz langsam bewegte er sich zur Tür. Schon war er im Begriff hinauszugehen, da kehrte er noch einmal um und zog sachte die Decke zurecht, die ihr von der Schulter gerutscht war.

»Leb wohl, Dunkle Sonne«, sagte er leise. »Ich weiß nicht, ob du ein Traum bist oder Wirklichkeit. Aber ich gehe jetzt, und obwohl du sagst, ich könne nie mehr wiederkommen, weiß ich, dass ich wiederkommen werde. Ich weiß es bestimmt.«

Dann verließ er Dunkle Sonne. Er bestieg das Boot und ruderte über den See, vorbei an den bunten Steinen und den Azaleenfluss hinauf. Er wusste bestimmt, dass er das Richtige tat. Er sah schon das Pferd und die Weisen Väter vor sich; und dennoch war er so traurig, dass er sich die Lippen blutig biss vor Schmerz.

16

Es war der dunkelste Augenblick der Nacht, als Kleiner Mond die Stelle erreichte, wo der Azaleenfluss aus dem Berg kam.

»Unter dem Berg hindurch bin ich gekommen«, dachte Kleiner Mond, »und über den Berg muss ich zurück.« Aber er musste sich beeilen, wollte er bis zum Tagesanbruch auf der anderen Seite sein. Der Mond war schon nicht mehr am Himmel und nur die Sterne gaben ein schwaches Licht.

Kleiner Mond erschrak, als er nach oben blickte. Riesengroß war der Berg; ein schwarzer Schatten, verdunkelte er die Hälfte des Himmels. »Ich werde lange brauchen«, dachte Kleiner Mond. »O Pferd, warum bist du jetzt nicht bei mir? Wie leicht würdest du über die steilen Felsen fliegen!«

Kleiner Mond zitterte, aber nicht vor Kälte. Würde er die immerwachsende Blume noch finden? Er war auf dem richtigen Weg, das hatte Dunkle Sonne gesagt. Aber jetzt, am Fuß des gewaltigen Berges, kamen ihm wieder Zweifel. Vergeblich suchte er den Himmel nach dem Polarstern ab. Trotzdem verbeugte er sich dreimal und bat nicht um Rat, sondern um genügend Kraft. Er zog den Gürtel enger, tastete noch einmal nach dem Bogen und der Fangschlinge, dann stieg er in den ersten steilen Hang.

Als der Morgen anbrach, befand sich Kleiner Mond in der Region, wo nur noch Sträucher und verkrüppelte Bäume wachsen. Das Gelände wurde felsiger und steiler, als die Sonne durch den Morgennebel brach. Von Zeit zu Zeit musste Kleiner Mond jetzt die Fangschlinge beim Klettern zu Hilfe nehmen; die ersten steilen Felswände versperrten ihm den Weg. Er schaute zurück, ob er den Fluss oder den See noch erkennen konnte, aber unter ihm waren nur Nebel und Dunst.

Es ging noch einmal über blühende Bergwiesen, und Kleiner Mond fiel wieder ein, wonach er suchte. Er fragte sich, woran er die immerwachsende Blume erkennen sollte, wenn er nicht wusste, wie sie aussah. »Vielleicht ist es mit ihr wie mit dem Pferd«, dachte Kleiner Mond. »Das kann man auch mit keinem anderen verwechseln, selbst wenn man ihm noch nie begegnet ist.« Nicht weit von ihm entfernt graste eine Herde Bergziegen; dort musste es Wasser geben. Kleiner Mond hatte Durst.

Wie zutraulich die Ziegen waren! Die Zicklein hüpften ausgelassen um Kleiner Mond herum, immer näher kamen sie heran und leckten am Ende sogar seine Schuhe. Der Ziegenbock mit den schweren gewundenen Hörnern beobachtete gelassen das Spiel und auch das Muttertier schien keine Angst zu haben um ihre Jungen.

»Komm, lass dich streicheln!«, lockte Kleiner Mond das kleinste der Zicklein, und als es näher kam, packte er es und setzte es sich auf den Schoß.

»Sag, hast du vielleicht die immerwachsende Blume aufgefressen, dass ich sie nirgends finden kann?«, fragte er und streichelte dem Zicklein den Rücken wie einem widerspenstigen Katzenjungen. »Und wieso habt ihr keine Angst vor mir? Sind noch nie Menschen so hoch heraufgekommen?«

Das Zicklein sah Kleiner Mond mit klugen Augen an. Es roch an seiner Jacke und leckte ihm, bevor er noch das Gesicht abwenden konnte, die Nasenspitze. Dann rollte es sich zusammen und schloss die Augen.

Es war Mittag und die Sonne brannte vom strahlend blauen Himmel. Kleiner Mond war müde. Vielleicht sollte er auch ein Schläfchen machen, bis die größte Hitze vorüber war. Schließlich hatte er die ganze letzte Nacht nicht geschlafen. Und während er noch überlegte, sank ihm der Kopf auf die Brust und er schlief ein. Die Ziegen lagen längst wiederkäuend am Ufer des kühlen Bergbachs, aus dem auch Kleiner Mond getrunken hatte.

Die Bergwiese lag friedlich und still. Das Seidenzelt des Himmels leuchtete im klarsten Blau. Kein

Lufthauch bewegte die Gräserspitzen und sogar das Summen der Insekten schien verstummt. Hoch oben, nicht weit vom Gipfel, glänzten die weißen Gletscher. Es war, als wäre alles Leben aus der Welt genommen. Doch noch über den Gletschern schwebte, kaum merklich Kreise ziehend, ein schwarzer Punkt. Ein Adler beobachtete sein Revier, auf der Suche nach Beute. Längst hatten seine scharfen Augen die schlafenden Ziegen entdeckt, er wählte nur noch aus nach dem Hunger der im Horst wartenden Jungen. In weiten Bögen zog er nach unten, sorgsam darauf achtend, dass nicht sein Schatten die Beute warnte, und im nächsten Augenblick schloss er die Schwingen und begann, wie ein Stein zu fallen.

Kleiner Mond erwachte vom Geblöke der verschreckten Herde, vom Trappeln der Hufe und dem Geklapper der Hörner, wenn die Ziegen bei der wilden Flucht zusammenstießen. Er schrie und sah, wie der Adler seine Beute fallen ließ. Gelb und gefährlich hatte es in den Augen des Adlers aufgeblitzt, doch Kleiner Mond hatte nicht die Zeit, sich davor zu fürchten. Mit einem einzigen Flügelschlag saß ihm das Tier im Nacken, packte ihn mit seinen Krallen und erhob sich mit ihm in die Lüfte.

Höher und immer höher flog der Adler mit gewaltigen Flügelschlägen. Über Gletscher und Gipfel hinweg ging es nach dem entfernten Horst. Kleiner

Mond hing ohnmächtig in den Vogelkrallen, bis ihn die Eiseskälte in der Höhe wieder zu sich brachte. Er öffnete die Augen und wunderte sich selbst, dass er nicht mehr erschrak. Vielleicht war die Reise mit dem Pferd daran schuld, dass er sich vor dem Blick in die Tiefe nicht mehr fürchtete. Er überlegte, wie er sich retten könnte.

Er musste warten, bis sie den Horst erreichten, und das Tier angreifen, sobald es ihn aus den Klauen ließ. Aber womit? Mit dem Messer würde er nichts ausrichten können. Dazu musste er zu nah heran und der Vogel konnte ihn wieder packen. Ein Adlerschnabel tötete mit einem Hieb. Aber mit einem Pfeil konnte es gehen. Er musste nur schnell genug sein und ihn dem Adler ins Auge stechen. Wenn aber ein zweiter Vogel im Horst war? Kleiner Mond tastete vorsichtig nach dem Köcher mit den Pfeilen.

Schon schrie der Adler heiser und breitete die Schwingen aus, um im Horst zu landen. Kleiner Mond spannte jeden Muskel. Der Horst lag auf einem Felsvorsprung, der wie eine Festung über dem steilen Abgrund hing. In dem Horst waren zwei Adlerjunge. Es stank nach Aas und vermoderten Knochen.

Da sah Kleiner Mond, dass ein Junges das schützende Nest verlassen hatte und kreischend vor Hunger am äußersten Rand des Felsvorsprungs stand.

Der Adler musste ungewohnt lange unterwegs gewesen sein. Jetzt landete er, und in dem Versuch, nach der frischen Beute zu hacken, strauchelte das Junge und wäre in den Abgrund gestürzt, hätte es das erwachsene Tier nicht blitzschnell mit dem Schnabel gepackt. Die Beute musste es dazu aus den Klauen lassen – das war der Augenblick, auf den Kleiner Mond gewartet hatte.

Tief drang der Pfeil dem Tier ins Hirn. Noch einmal schlug es mit den gewaltigen Schwingen und hieb es mit dem Schnabel nach Kleiner Mond, dann schwankte es und stürzte lautlos in den Abgrund.

Kleiner Mond stand wie betäubt. Etwas Warmes rann ihm von der Stirn in die Augen: Blut. Er tastete nach der Wunde und spürte einen brennenden Schmerz, als er sie berührte. Das brachte ihn wieder zu sich. Jeden Augenblick konnte das zweite erwachsene Tier auftauchen. Er musste weg. Kleiner Mond untersuchte die Felswände ringsum. Aber sie waren steil und glatt. Er schaute über die Felskante in den Abgrund und sah in Reichweite einen armdicken Kiefernast, der aus einem schmalen Felsspalt gewachsen war. Doch gleich darunter ging es schrecklich in die Tiefe.

»Ich kann mich in den Abgrund stürzen oder kämpfen – und wenn ich siege, warten, bis mir Flügel wachsen«, dachte Kleiner Mond verzweifelt. Er hockte sich auf die Fersen und schaute über die Landschaft, die unerreichbar weit unter ihm lag. Er musste an Atlar und an die Sterbelieder der alten Pferdehirten denken. Doch plötzlich stutzte er.

»Die Sonne!«, rief er aus. »Die Sonne steht auf der falschen Seite! Der Adler hat mich über den Berg gebracht. Ich bin dort, wo das Pferd und die Weisen Väter sind.«

War es nicht der Bergkamm zur Linken, über den ihn die Suche nach der immerwachsenden Blume gleich zu Anfang geführt hatte? Kleiner Mond klopfte das Herz vor Aufregung. Nein, er wollte noch nicht sterben. Vielleicht gab es das zweite Tier ja gar nicht, war es vom Pfeil eines Jägers getroffen worden oder einem Bärenjungen im Kampf auf Leben und Tod unterlegen.

»Und wenn mich nur ein Wunder retten kann«, dachte Kleiner Mond und ballte die Fäuste, »ich gebe nicht auf.«

Und plötzlich wusste er den Ausweg. Ganz deutlich erinnerte er sich an die Worte Tarlans, des Bogenschützen: »Ich weiß, wie man mit dem Herzen den Flug des Pfeiles lenkt. Aber als ich noch jung war, half auch mir die Kraft der Wunder.« Die Bogensehnen! Warum hatte er nicht längst daran gedacht? Zerreißen konnten sie nicht, denn sie waren aus den Haaren des Pferdes geflochten; vielleicht waren sie aneinander geknüpft auch lang genug. Kleiner Mond zog das Knäuel aus der Tasche. Er wusste, wo er die rettende Schnur befestigen konnte.

Kleiner Mond beugte sich über den Rand des Felsvorsprungs. Der Kiefernast war hart und fest, zu Stein geworden im rauen Wind der Berge. Kleiner Mond knüpfte die Sehnen aneinander und befestigte die Knotenschnur an dem versteinerten Ast. Dann riss er zwei schmale Streifen von seiner Jacke und wickelte sie sich um die Hände. Er schob noch Adlerflaum dazwischen, den er im Horst fand, und band sie, die Zähne zu Hilfe nehmend, fest. So würde er sich die Hände nicht an der Schnur verletzen. Während immer noch die Adlerjungen vor Hunger kreischten, begann er den Abstieg.

Dass er nun schwindelfrei war, kam Kleiner Mond jetzt zugute. Dass er am Grünen See zu Kräften gekommen war, ließ ihn in der endlos scheinenden Wand nicht verzweifeln. Dennoch war er froh, als er auf halber Strecke einen Felsvorsprung fand, der groß genug war, dass er einen Augenblick verweilen und sich ausruhen konnte.

Kleiner Mond leckte sich die spröde gewordenen Lippen und schaute sich um. Was er sah, ließ ihm den Atem stocken. Der Felsvorsprung war mit Blüten bedeckt wie mit einer dichten, goldglänzenden Matte. Nur hier und da war ein immergrünes Blatt zu erkennen. Das Gold der Blüten wetteiferte mit der Sonne, und aus der Tiefe der Blütenkelche strömte ein Duft, der sättigte und neue Kraft gab. Kleiner Mond in seinen zerrissenen Kleidern, die nach Aas und nach Adlerhorst rochen, Kleiner Mond mit der blutverkrusteten Stirn und den merkwürdig verbundenen Händen sank auf die Knie und weinte.

Er hatte die immerwachsende Blume gefunden.

17

Der Abend dämmerte, als Kleiner Mond den Talboden erreichte. Er war erschöpft und seine Arme schmerzten; aber er spürte es nicht wirklich, denn unter seiner Jacke trug er eine Blüte der immerwachsenden Blume. Der Adlerhorst war nur noch ein winziger Schatten hoch oben in der Felswand.

Kleiner Mond hielt immer noch das Ende der silbern glänzenden Schnur in den Händen. »Du bist wirklich ein Wunderfaden, wie Tarlan versprochen hat«, sagte er. »Dich wird auch der Kaiser gebrauchen können.« – Aber was war das für ein dummer Gedanke! Denn wie er sein Leben gerettet und die immerwachsende Blume gefunden hatte, so hatte er ja die Bogensehnen verloren. Den Knoten, mit dem er die rettende Schnur an dem trockenen Ast befestigt hatte, konnte er nicht wieder lösen. Er konnte nur ein Stück abschneiden von der Schnur, und es würde kaum lang genug werden, eine einzige Sehne daraus zu machen.

»Ich bin ein Unglückswurm«, dachte Kleiner Mond. »Wenn ich das eine finde, verliere ich das andere. Wär ich doch bloß bei Dunkle Sonne geblieben …« Er blickte durch die brennenden Lider hinauf zu den Sternen, und vielleicht waren sie es, die ihn wieder zur Besinnung brachten. Was verloren war, war nun mal verloren. Er musste trotzdem weiter.

So machte sich Kleiner Mond auf den Weg zum Kloster. Sanft legte sich die Nacht über die Berge und über sein Unglück, der Wind schob Wolken vor die Sterne und schon bald verschluckte Nebel das letzte Sternenlicht. Kleiner Mond überlegte, ob er sich zum Schlafen hinlegen sollte. Aber er würde kein trockenes Gras und kein Holz für ein Lagerfeuer finden und gleich würde es regnen. Ein böses Rauschen in der Luft bedeutete nichts Gutes.

Wirklich trieb der Wind auch Regenwolken vor sich her. Es war, als breitete er ein eisiges Tuch über das Tal, und bald ging der erste Hagelschauer nieder. Kleiner Mond ging geduckt, denn der Hagel war kalt wie Eisen. Und plötzlich meinte er, ein Wiehern zu hören. Oder war es nur Einbildung? Er lauschte in den heulenden Wind. Nein, er täuschte sich nicht. Er hörte schwach, aber deutlich, den Ruf des Pferdes.

»Es sucht mich«, dachte Kleiner Mond. Jetzt konnte ihm nichts mehr geschehen.

Er lief in die Richtung, aus der das Wiehern gekommen war. Er musste einen grasbedeckten Hang hinauf und stürzte ein ums andere Mal, aber er merkte es kaum. Wenn nur der Wind nicht so laut gewesen wäre! Kleiner Mond hatte Angst, er könnte den Ruf des Pferdes übertönen. Doch dann spürte er einen Pfad unter den Füßen und wusste, er war auf dem richtigen Weg. Als er sich wieder einmal das Wasser aus den Augen wischte, sah er nicht weit entfernt einen Lichtschein. Im Näherkommen erkannte er, dass es ein Lagerfeuer war. Neben dem Feuer saß der Weise Vater und neben ihm stand das Pferd.

»Willkommen, mein Sohn«, sagte der Weise Vater. »Du kommst gerade noch rechtzeitig zum Abschiedsessen.«

Kleiner Mond stand regungslos. Jetzt war alle Kraft aus ihm gewichen, und es schien, als hielte ihn nur der Schein des Feuers aufrecht. Da kam das Pferd und blies ihm seinen warmen Atem ins Gesicht. »Komm zu dir, Junge, so steht kein tapferer Held, der seine Reisegefährten trifft. Im Übrigen bist du grauenhaft schmutzig.«

Als Kleiner Mond das hörte, schlang er die Arme um den Hals des Pferdes und lachte und weinte zugleich. »Ach Pferd, dass du endlich wieder bei mir bist! Und dass du schimpfst, weil ich so schmutzig bin! Dabei weißt du gar nicht, was alles passiert ist. Ich war bei dem Mädchen am Grünen See, und als ich fortgegangen bin, hab ich einen Adler getötet und er ist in die Schlucht gestürzt, und jetzt stehst du da, als wenn gar nichts wäre, und schimpfst mit mir, aber ich hab ... ich hab die immerwachsende Blume gefunden.« Kleiner Mond sprach immer lauter und die Worte sprudelten ihm aus dem Mund wie ein Wasserfall.

Behutsam trat der Weise Vater zu ihm und sagte: »Das hast du gut gemacht, Kleiner Mond, aber du brauchst uns nichts erzählen. Meine Gedanken waren mit dir auf der gefährlichen Reise und mein Herz war froh über deinen Mut. Jetzt brauchst du Ruhe und ein gutes Mahl mit deinen Freunden.«

Kleiner Mond nickte, und bald half er dem Weisen Vater, eine Zeltwand aufzuspannen, die sie vor dem Regen und dem Wind schützte. Er zog seine nassen Kleider aus und wickelte sich in den Umhang, den ihm der Weise Vater gab. Der Weise Vater strich ihm noch Öl und Honig auf seine schmerzenden Wunden, dann aßen sie Brot, Käse und kleine, säuerliche Zwiebeln. Und als endlich der Regen nachließ und die Sterne einer nach dem andern wieder am Himmel erschienen, als kämen sie ihm ein Schlaflied singen, da schlief er ein wie ein Vogeljunges unter den schützenden Fittichen der Mutter.

Er schlief auch noch, als lange vor Tagesanbruch der Weise Vater und das Pferd sich für die Reise fertig machten. Und er wachte nicht auf, als der alte

Mann ihm seine Kleider anzog und ihn aufs Pferd hob. Er merkte nicht einmal, wie das Pferd sich in die Luft erhob und trotz der doppelten Last leicht wie eine Schwalbe über die Berge nordostwärts flog.

Als es Tag wurde, hatten sie die Berge schon hinter sich und flogen über Wiesen und Felder. Da erst öffnete Kleiner Mond die Augen. »Nanu, wir fliegen?«

»Ja, kleiner Bruder«, sagte der Weise Vater, der hinter ihm saß. »Du hast lange geschlafen. Meine alten Arme sind schon ganz müde, denn sie mussten dich halten, damit du nicht fällst.«

»Wo fliegen wir hin?«, fragte Kleiner Mond.

»Nach China, wohin sonst?«, antwortete das Pferd. »Und zwar schnell, denn bis zur Sommersonnenwende sind es nur noch ein paar Tage.«

»Deine Blume habe ich in feuchtes Moos und Ölpapier gepackt«, sagte der Weise Vater.

»Aber wie können wir zurück, wenn ich keine drei Geschenke habe!«, rief Kleiner Mond aus.

»Du hast immerhin zwei«, sagte das Pferd. »Mit dem Weisen Vater bringst du den sich selbst beherrschenden Willen und in dem Paket auf meinem Rücken ist die immerwachsende Blume. Zwei – und die Reise ist noch nicht zu Ende. Warum soll sie nicht weiter unter einem glücklichen Stern stehen?«

»Ja«, sagte Kleiner Mond leise. Aber er musste daran denken, dass er Tarlans Zaubersehnen hatte zurücklassen müssen, und er fragte sich, was glücklich daran war, dass man fast von einem Adler getötet wurde. Er schwieg eine Weile, dann fragte er den Weisen Vater: »Sagt mir, was ist die immerwachsende Blume eigentlich?«

»Was fragst du?«, entgegnete der Weise Vater. »Hast du sie nicht selbst gefunden und kennst sie darum besser als jeder andere?«

Kleiner Mond verstand nicht, was der Weise Vater meinte. »Gefunden hab ich sie, ja. Aber wenn ich sie jetzt dem Kaiser bringe, wird man sie in seinen Garten pflanzen und jeder kann sie sehen. Wo ist dann noch ihr Geheimnis?«

»Das Geheimnis ist, dass die anderen sie nicht erkennen können. Sie wird auch im Garten des Kaisers schön sein, sie wird ihren Duft verströmen und weder Frost noch Dürre werden ihr jemals etwas anhaben können. Aber nur wer sie gefunden hat, weiß, dass sie immer und ewig wächst wie alles Leben, denn sie wurzelt in seinem Herzen und kein Frost der Trauer und keine Dürre der Verzweiflung können den Glauben an sie zerstören.«

»Aber der Kaiser? Glaubt er denn auch an sie?« Kleiner Monds Stimme war die Angst deutlich anzumerken. Waren die immerwachsende Blume und der sich selbst beherrschende Wille am Ende ganz lächerliche Geschenke?

»Der Kaiser kennt sie«, antwortete der Weise Vater ruhig. »Vor langer Zeit, als er selbst noch ein Pferdehirt war, hat auch er sie gefunden. Doch die Feuer des Krieges und die Stürme der Feindschaft haben ihm das Herz vertrocknen lassen, bis die Wurzeln keine Nahrung mehr fanden. Aber wer die Blume gefunden hat, kann sie nicht wirklich vergessen. Eines Tages erwachen ihre tot geglaubten Knospen und er erinnert sich ...«

»Erinnert sich, erinnert sich!«, schimpfte da das Pferd. »Wie wär's, wenn ihr euch Gedanken machen würdet, wo wir die Nacht verbringen? Mir wäre nach einer Menschensiedlung und frischem Hafer.«

»Mir scheint«, lachte der Weise Vater, »wir sind dir doch zu schwer, dass du redest wie ein Lastengaul. Wir können nicht rasten, lieber Bruder Pferd, denn der Weg nach Peking ist noch weit. Wenn Kleiner Mond kann, sollten wir die Nacht hindurch fliegen.«

»Das Pferd hat doch die Arbeit«, sagte Kleiner Mond. »Es soll auch entscheiden.«

»Und deine Wunden?«

»Sind kaum noch zu spüren.«

»Wir brauchen vier, vielleicht fünf Tage«, sagte das Pferd. »Das heißt, wir schaffen es genau zur Sommersonnenwende, wenn unterwegs nichts passiert.«

»Was soll uns hier oben passieren?«, fragte Kleiner Mond.

»Keine Ahnung. Aber meine Nase juckt und das bedeutet meistens nichts Gutes.«

»Mal nicht den Teufel an die Wand, Bruder!« Der Weise Vater gab dem Pferd einen Klaps auf den Hals. »Und du, Kleiner Mond, denk nur an schöne Dinge, dann bist du eine leichte Fracht. Erzähl uns doch, wie du die Blume gefunden hast.«

»Ich bin immer weiter den Berg hinaufgestiegen«, begann Kleiner Mond. Doch dann verstummte er.

»Was ist, kleiner Bruder?« Der Weise Vater berührte Kleiner Monds Wange.

Kleiner Mond schüttelte den Kopf.

»Nicht traurig sein«, sagte der Weise Vater. »Schweig, wenn du nicht reden willst.«

Kleiner Mond senkte den Kopf und blickte zwischen den gespitzten Ohren des Pferdes hindurch starr geradeaus. Aber er sah nicht wirklich, wohin die Reise ging. Das ferne Peking, der Kaiser, der Wettstreit mit dem Star – all das war ihm in diesem Augenblick so gleichgültig. Er hätte es eingetauscht gegen ein einziges Lächeln von Dunkle Sonne, gegen ein verwelktes Azaleenblatt auf ihrem braunen Arm.

18

Es war eine beschwerliche Reise. Das Pferd flog, so schnell es konnte, und auf seinem Rücken kämpften Kleiner Mond und der Weise Vater gegen Hunger und Schlaf. Nur kurz waren die Ruhepausen an Dorfrändern oder glitzernden Quellen, wo sie sich ein wenig die Füße vertraten und aßen, was sie zu essen fanden.

Der Sommer war doch die schönste Jahreszeit! Zwar lag im Süden schwer und schwül die Hitze über dem Land, aber je weiter sie nach Norden kamen, desto heller und freundlicher wurde alles. An den Flussufern lagen die reichen Städte, in denen es von Menschen wimmelte, und auf den Kanälen glitten die Segel der Dschunken dahin wie buntes Espenlaub. Auf den Hügeln dufteten Akazien und Mimosen, saftig grün leuchteten die Gitternetze der Reisfelder, die Äste der Kirschbäume bogen sich unter dem Gewicht der roten Früchte, und das Zirpen der Zikaden mischte sich in den Klang der Trommeln und Rasseln, wo die Dörfer Feste feierten.

»Wie groß das Reich des Kaisers ist!«, rief Kleiner Mond, als sie wieder einmal über eine Stadt hinwegflogen, durch deren Straßen sich ein festlicher Umzug schlängelte.

»Noch ist es groß«, sagte der Weise Vater. »Aber bald wird es wieder zerfallen. Die Provinzen und Städte werden sich gegeneinander erheben und die Generäle die Bauern von ihren Feldern reißen, um Soldaten aus ihnen zu machen. Es wird Hunger geben, Krankheit und Not. Noch siehst du, wie reich das Leben sein kann, wenn Frieden herrscht; aber bald wird sich alles wieder ändern. Und noch etwas sollst du wissen, Kleiner Mond: Viele Jahrzehnte lang war der Kaiser ein Eroberer und Krieger, ein Räuber und Bandit.«

»Ist er denn nicht gut?«, fragte Kleiner Mond. »Er war so sanft und freundlich.«

»Jeder Mensch hat auch seine schlechten Seiten. Den Kaiser hat lange die Gier nach Macht gequält. Jetzt, wo er alt ist, möchte er sich davon befreien. Aber die Macht, die er hat, hält ihn mit tausend Stricken, und du, Kleiner Mond, bist gegen ihn so frei wie ...« Der Weise Vater suchte nach dem richtigen Wort.

»... wie ein fliegendes Pferd«, rief das Pferd und lachte wiehernd, während es in einen grauen Wolkenberg eintauchte.

Ein kühler Wind war aufgekommen und hatte Gewitterwolken vom Ozean herangetragen. Schon zuckte der erste Blitz und Schwärme von Vögeln flogen schreiend vor den Sturmböen davon.

»Sollten wir nicht Schutz suchen, bevor es dunkel wird?«, rief Kleiner Mond. »Wir fliegen genau ins Zentrum des Sturms.«

»Er hat Recht«, antwortete das Pferd. »Wir sollten nach einer Herberge Ausschau halten, denn morgen Abend sind wir hoffentlich in Peking, und es gehört sich nicht, dort ungewaschen zu erscheinen.«

Der Weise Vater seufzte, dann sagte er: »Gut. Auch meine alten Glieder sehnen sich nach einem heißen Bad. Aber lasst uns nicht in eine Herberge gehen, wo wir unnötig Aufsehen erregen. Außerdem meinte ich, auf den Landstraßen Soldaten zu erkennen. Wahrscheinlich sind sie auf dem Weg zur Festparade, und johlende Soldaten sind das Letzte, was müde Reisende ertragen können. Lasst uns ein stilles Kloster suchen.«

»Mir wäre nach einem ordentlichen Essen«, sagte Kleiner Mond, dem schon lange der Magen knurrte. Er musste an gebratenes Lammfleisch denken, wie Atlar es an Festtagen hatte zubereiten lassen. Im Kloster würde es nur Gemüse geben, denn die Mönche durften keine Tiere töten.

»Unser kleiner Bruder hat einen Wolfshunger.« Der Weise Vater lachte, denn er wusste, wonach einem Jungen wie Kleiner Mond der Sinn stand, wenn er tagelang nur Wurzeln hatte essen müssen. »Hab keine Angst: So nah an der Hauptstadt nehmen es die Klöster nicht so streng, auch wenn ich persönlich das bedauere. Du wirst also bekommen, worauf du Lust hast, und einen Kräuterverband dazu, denn ich sehe, die Wunde an deiner Stirn ist rot entzündet.«

Das Pferd fand nun auch, ein Kloster sei einer Herberge vorzuziehen. Wo die Soldaten betrunken waren, blieben auch die Stallknechte nicht nüchtern.

»Ein Stück westwärts in den Hügeln muss ein Kloster liegen, dessen Schutzherr ein Sohn des Kaisers ist«, sagte der Weise Vater, und noch während er sprach, bog das Pferd nach Westen ab, wo auf den Hügeln dunkles Fichtengrün in den Fängen des Sturmes wogte. Die Schatten der schwarzen Wolken versperrten die Sicht, aber als ein Blitz für einen Augenblick den Himmel erhellte, sahen sie nicht weit entfernt die Festung mit dicken Mauern und schützenden Türmen am südlichen und nördlichen Ende.

»Das Kloster!«, rief Kleiner Mond. »Wir schaffen es vor dem Sturm. Los, Pferd, los!«

»Auch noch galoppieren mit dem Maul voller Hagel!«, rief das Pferd zurück, denn eben hatte ein Blitzschlag den Himmel aufgerissen wie die Bodenklappe eines Getreidespeichers, aus dem nun Eis und

Wasser stürzten. »Festhalten! Und bitte, Weiser Vater, haltet Euren Umhang fest, er fängt sonst zu sehr den Wind!«

Das Pferd folgte dem Rand des Fichtenwaldes, damit man sie vom Kloster aus nicht kommen sah, und landete an einer Stelle, von der sich ein schmaler Pfad zur Klosterpforte hinaufschlängelte. Atemlos standen sie im heulenden Gewittersturm. Der Wind fuhr ihnen in die nassen Kleider und das Geräusch fallender Fichtenzapfen begleitete sie auf ihrem Weg.

»Komm unter meinen Umhang, Kleiner Mond«, sagte der Weise Vater. »So bist du im Trockenen und ich kann mich ein wenig auf dich stützen. Meine Knochen knarren wie eine alte Gebetsmühle.«

Kleiner Mond musste lachen über die Klagen des alten Mannes. Nicht weil er dessen Müdigkeit komisch gefunden hätte, sondern weil der seine Hilfe in Wahrheit gar nicht brauchte. Der Weise Vater war wohl fast hundert Jahre alt; aber seine Schritte waren federnd und leicht, seine Augen noch scharf und klar. Das strenge Leben in der Stille hatte ihn seinen Willen beherrschen gelehrt. Ihn konnte nichts mehr entmutigen. Er *war* der sich selbst beherrschende Wille, er besaß ihn nicht nur.

»Ob er gar von der Pflanze des langen Lebens gegessen hat?«, überlegte Kleiner Mond. Und im selben Augenblick fiel ihm ein, dass er das dritte Geschenk ja immer noch nicht hatte. Und schon morgen würde er vor dem Kaiser stehen.

»Das dritte Geschenk!«, sagte er laut. »Warum habt ihr mich nicht daran erinnert?«

»Weil noch viel Zeit ist bis morgen«, antwortete der Weise Vater. »Wann wirst du wohl begreifen, dass man immer nur eine Sache ordentlich tun kann? – Und jetzt kein Wort mehr! Wir haben Glück, dass die Sonne noch nicht untergegangen ist. Noch hält ein Bruder Wache.«

Doch als sie wenig später die Pforte erreichten, war sie verschlossen. Abweisend glänzten ihre lackierten Pfeiler im Regen.

»Seltsam«, sagte der Weise Vater und suchte nach einem Klingelseil oder einer Luke. »Bis Sonnenuntergang soll jeder in den Tempel kommen können, so ist die Regel. Trommle gegen das Tor, Kleiner Mond, aber richtig mit den Fäusten. Es geht nicht an, dass man Reisende einfach im Regen stehen lässt.«

»Hallo, ist da niemand?«, rief Kleiner Mond und hieb, so fest er konnte, mit den Fäusten gegen das Tor. »Macht auf, hier sind Reisende von weit her!«

»Im Namen der Barmherzigkeit!«, erhob auch der Weise Vater seine Stimme.

Aber es dauerte lange, bis sie hörten, wie drinnen jemand den Riegel zur Seite schob. Dann öffnete sich der schmälere Teil der Pforte einen Spalt und ein Laienbruder streckte den Kopf heraus.

»Still, schreit doch nicht so! Ihr steht vor dem Kloster zum Allesumfassenden Frieden.« Der Mann blickte ängstlich über die Schulter zurück in den Klosterhof. »Wer seid ihr?«

»Ich bin das Oberhaupt des Klosters der Weisen Väter und das ist mein Schützling Kleiner Mond«, sagte der Weise Vater. »Wir suchen ein Nachtquartier für uns und unser Pferd.«

»Aber …« Der Laienbruder blickte wieder zurück und biss sich auf die Unterlippe. »Aber das Kloster ist geschlossen.«

»Ihr nennt euer Kloster zum Allesumfassenden Frieden und habt euch doch so weit vom rechten Pfad begeben, dass ihr Reisenden, die Schutz vor einem Unwetter suchen, nicht das Gastrecht gewährt?« Der Weise Vater wandte sich zu Kleiner Mond um. »Komm, das ist kein Ort für uns!«

»O Vater, denkt nicht schlecht von mir, nicht schlecht«, stammelte der Laienbruder. »Ich würde euch einlassen, es ist der dritte Prinz mit seinem Gefolge …«

»Du Nichtsnutz von einem Pförtner, was ist hier los?« Hinter dem Laienbruder stand plötzlich ein Soldat. »Haben wir dir nicht verboten, jemanden einzulassen?«

»Aber Herr, der Sturm wird immer heftiger und der um Einlass bittet ist das Oberhaupt eines berühmten Klosters …«

»Lumpenpack! Sollen sie im Schlamm ihr Lager suchen!«

Lumpenpack! Kleiner Mond nestelte an seiner Jacke. Er würde es diesem Großmaul zeigen. »Hier!« Er zog den Pass des Kaisers heraus, der immer noch an dem Lederbändchen hing, das er um den Hals trug. »Du sprichst mit einem Boten des Kaisers. Im Namen des goldenen Passes, gib den Weg frei!«

Für einen Augenblick klappte dem Soldaten die Kinnlade herunter. Dann blickte er Kleiner Mond mit runden Froschaugen an und schnarrte: »Wo hast du den her? Geklaut wahrscheinlich, gib's zu!«

»Ein Dieb nennt einen ehrlichen Mann einen Dieb«, flüsterte der Laienbruder so leise, dass es der Soldat nicht hören konnte.

»Wer wagte es, den Pass des Kaisers zu stehlen, den zu beschädigen schon zehnfachen Tod bedeutet?«, sagte der Weise Vater. »Der Junge spricht die Wahrheit. Wir sind in kaiserlichen Angelegenheiten unterwegs.«

Der Soldat nahm die Hand vom Torriegel. Eine so wichtige Sache konnte er nicht allein entscheiden. Wenn er einen Fehler machte, kam er im besten Fall mit fünfzig Stockhieben davon – im schlechtesten würde ihm der Prinz Holzsplitter unter die Nägel treiben lassen. Bei dem Gedanken trat ihm der Schweiß auf die Stirn.

»Kommt herein! Und du, nichtsnutziger Hund von einem Pförtner, bürgst mir mit deinem Leben, dass sie nicht weiter als bis zur Vorhalle kommen, bis der Prinz entschieden hat, was mit ihnen geschehen soll.«

Und während es blitzte und donnerte, dass die Hügel erzitterten, traten der Weise Vater, Kleiner Mond und das Pferd in den Hof des Klosters und von da in die Vorhalle, in der sie warten sollten.

»Wir hätten doch eine Herberge suchen sollen«, flüsterte Kleiner Mond.

»Die Dinge geschehen, wie sie geschehen, und niemals anders«, entgegnete der Weise Vater ruhig. Seine Hand lag auf der Mähne des Pferdes, und auf seinen Lippen war ein sanftes Lächeln, aber seine Augen waren wachsam wie die des Habichts. »Was immer geschieht, Kleiner Mond, du musst zu Ende bringen, was man dir aufgetragen hat. Aber still, ich höre Schritte!«

Nicht lange, und die Vorhalle war voller Soldaten und Mönche. Süßer Rauch stieg von ihren Fackeln auf und Kleiner Mond unterdrückte mit Mühe ein Niesen. Dann betrat der dritte Prinz den Raum.

»Auf die Knie!«, fauchte der Soldat, den sie schon kannten. »Oder wollt ihr auf der Stelle sterben?«

»Ich bin zu alt«, der Weise Vater lächelte, »der Junge hat, wie Ihr wisst, den goldenen Pass, und Pferde knien nicht. Wir bleiben also stehen.«

Von sich aus hätte Kleiner Mond den Befehl des Soldaten befolgt, denn der Prinz sah Furcht erregend aus. Er war ein großer Mann, dem der sorgfältig geflochtene Bart bis auf die Brust reichte; auf sein golddurchwirktes Panzerhemd waren Kampfszenen gestickt. Seine Augen blitzten böse, als er den Weisen Vater in seinem zotteligen Yakfell und Kleiner Mond in seinen abgerissenen Kleidern sah. Lange blickte er auf die gebeugten Soldaten und Mönche, und an seinen Mundwinkeln war abzulesen, dass er es genoss. Dann zog er den Dolch, wog ihn in der Hand und warf ihn nach dem Soldaten, der die Fremden eingelassen hatte. Er traf dessen Hand und Blut sprenkelte den Kachelboden.

»Was gibt es zu dem Pack zu sagen? Peitscht sie aus und hängt ihnen Holzkragen um die Hälse, damit sie lernen, die Knie zu beugen. Und du, Unglücklicher, lass ich dich etwa umsonst die Pforte verschließen? Fünfzig Hiebe und ein Salzbad werden dich lehren, meinen Befehlen zu gehorchen!«

»Herr, der Junge hat den goldenen Pass, und ich glaube ihm, dass er ein Bote des Kaisers ist. Seht doch das Pferd! Kein gewöhnlicher Sterblicher reitet so ein Tier.«

»So?« Der Prinz drehte seinen Schnurrbart und betrachtete erst jetzt das Pferd genauer. Er näherte sich ihm und es warf zornig wiehernd den Kopf zurück. Aber im selben Augenblick hieb ihm der Prinz schon mit der Faust aufs Maul. »Ich werd's dir zeigen, weißer Teufel!« Und mit einem Sprung saß er auf dem Rücken des Pferdes und trat ihm die Sporen in die Seite. Sein böses Lachen ließ alle in dem Raum zusammenzucken.

Das Pferd trat mit den Hufen, dass Blitze von den Bodenkacheln stoben. Die Vorderbeine hoch in der Luft und den Rücken gekrümmt wie eine zornige Katze, tanzte es mit Feuerhufen, um seinen Reiter abzuwerfen. Der aber saß wie festgewachsen. Kleiner Mond erschrak und Honigbällchens Affen kamen ihm in den Sinn. Wie die versucht hatten, ihn im Fluss zu ertränken, so versuchte jetzt der finstere Prinz, den Willen des Pferdes zu brechen. Und trotzdem musste er die Reitkunst des Prinzen bewundern.

Längst drückten sich die Soldaten und Mönche Schutz suchend gegen die Wände. Ein Soldat hielt sein blutendes Knie, ein dicker Mönch betastete jammernd seinen Hintern. Aber jetzt hatte das Pferd Platz. Es blieb stehen, als wollte es aufgeben, dann sprang es unverhofft in die Höhe, so hoch, dass der Schädel des Prinzen gegen einen hölzernen Balken krachte. Einen Augenblick wankte er, dann fiel er vom Pferd wie eine Marionette, der man die Fäden abgeschnitten hat. Es war still geworden in der Halle; nur das Schnauben des Pferdes war noch zu hören.

Nur langsam kam der Prinz wieder zu sich. Niemand wagte es, ihn anzusehen. Der dritte Prinz, der die bösesten Hengste zu Tode ritt, hatte seinen Meister gefunden. Eine falsche Bewegung nur, und er würde alle Zeugen seiner Schmach zum Tode verurteilen.

»Der Kaiser besitzt kaiserliche Pferde«, sagte der Prinz, nachdem er sich erhoben hatte. »Bringt die beiden zu ihren Kammern, und Wachen, seht zu, dass sie ruhig schlafen können!« Der Prinz lächelte und das Licht der Fackeln spiegelte sich in seinen blitzenden Zähnen. »Das Pferd sperrt in den tiefsten Keller! Es soll mir noch lernen, dass es dem Sohn des Kaisers ebenso gehorchen muss wie dem Kaiser selbst.«

Mit klirrenden Schwertern kamen die Soldaten auf Kleiner Mond und den Weisen Vater zu und auch das Pferd war schnell von bewaffneten Männern umringt.

Schon weit im Innern des Klosterlabyrinths hörte

Kleiner Mond ein schreckliches Wiehern. Er und der Weise Vater waren gefangen, das fliegende Pferd tief unten in den Klosterkellern eingesperrt, und wenn er aufblickte, sah er in finster glänzende Gesichter.

19

»Ich sage dir, das Weib war eine Hexe ... Sieben Augen, das ist mein Spiel.«

»Und dann hab ich dem stinkenden Pavian gesagt, er soll die Finger von ihr lassen, wenn er kein Messer zwischen die Rippen will ...«

»Schon wieder blanke zehn! Mogelst du etwa, du Ratte?«

»Sag noch einmal Ratte zu mir und ich reiß dir die Nase aus dem Gesicht! – Worauf wartest du, schenk ein!«

Kleiner Mond fuhr auf, als die Schnapsbecher gegeneinander stießen. Er hatte nicht geschlafen; aber es war ihm, als hörte er schon hundert Jahre den groben Reden der beiden Wächter zu. Er hob die Augen und sah die von tausend Sprüngen übersäten Becher. Die weiße Jadeschale fiel ihm ein. Wo sie wohl war? Warum nur war alles so hoffnungslos geworden? Und das an einem Ort, der sich »zum Allesumfassenden Frieden« nannte.

Der Weise Vater schien die ganze Zeit schon tief in Meditation versunken. Jetzt sagte er leise, aber so deutlich, dass Kleiner Mond meinte, seinen eigenen

Gedanken zu lauschen: »Wo der sich selbst beherrschende Wille und die immerwachsende Blume sind, da ist auch der allesumfassende Frieden. Ich habe mir überlegt …«

»Was, Vater?«

»Ich habe mir überlegt, dass manchmal das Richtige tun schädlich sein kann. – Bist du stark, Junge?«

»Ich beiße den Wächtern die Ohren von ihren dummen Köpfen, wenn es sein muss. Aber sie haben Waffen und …«

»Nein, Kleiner Mond. Gewalt wird uns nicht weiterhelfen. Was wir brauchen, ist die Kraft unserer Gedanken. Damit können wir die Wächter überraschen, denn sie kennen nur die Stärke der Waffen und der Hand.«

»Verzeiht, Vater, aber der Adler starb auch nicht von der Kraft meiner Gedanken. Ich hab ihm einen Pfeil ins Auge gebohrt.«

»Es war der Gedanke, der den Pfeil lenkte, nicht die Hand. Aber ich vergesse immer, dass du ein dummer Junge bist. – Hör zu, was ich dir sage!«

»Habt Ihr einen Plan?« Vor Aufregung flüsterte Kleiner Mond viel zu laut.

»Maul halten!«, schrie einer der Wächter.

Kleiner Mond schwieg erschrocken. Aber der Weise Vater sprach, kaum die Lippen dabei bewegend, weiter: »Ich kann mit meinem Willen die

Wächter beherrschen, aber *du* musst gut aufpassen, dass du ihm widerstehst. Ach, Kleiner Mond, warum bin ich nicht in meinen Bergen geblieben! Nun muss ich mich schon wie ein Jahrmarktsgaukler aufführen.« Der Weise Vater seufzte und krümmte sich wie im Schmerz.

»Was seufzt Ihr, Vater?«, fragte Kleiner Mond. »Ist es nicht gut, dass wir die Wächter besiegen und uns befreien können?«

»Wie wenig du von der Freiheit weißt, mein Junge!« Der Weise Vater verbarg sein Gesicht in den Händen. »Gefesselt sind wir Menschen an das Rad, das immer weiter rollt, wie der Berg für immer an seinen Ort gefesselt ist, so hoch seine Spitze auch aufragen mag.«

Kleiner Mond sah den Weisen Vater lange an; aber was der ihm sagen wollte, verstand er nicht. Ob er Angst hatte? Plötzlich erinnerte sich Kleiner Mond an das Spiel, das Dunkle Sonne ihm beigebracht hatte, das Spiel, bei dem jeder Zug zum Ende führte.

»Vater, die Geschenke«, flüsterte er und berührte den Ärmel des alten Mannes. »Wir haben versprochen …«

»Ach Kind, willst *du* mir sagen, was ich tun soll?« Der Weise Vater sah Kleiner Mond an und in seinen Augen war keine Spur von Angst. »Es ist Zeit«, sagte er. Und er begann, Kleiner Mond seinen Plan zu erklären.

Die Wächter würfelten immer noch. Die Kanne mit Reiswein war fast leer und die Augen der beiden Männer trübten sich. Sie achteten längst nicht mehr auf die Gefangenen hinter ihrem Rücken. So sahen sie nicht, wie Kleiner Mond wieder und wieder nickte und wie schließlich der Weise Vater sich so langsam von seinem Lager erhob, dass selbst Kleiner Mond es kaum erkennen konnte. Nur das Klappern der Würfel und das unverständliche Gelalle der betrunkenen Spieler war in dem Raum zu hören. Doch ganz allmählich legte sich darüber ein anderes Geräusch, das erst mehr auf der Haut zu spüren als zu hören war. Der Weise Vater hatte zu summen begonnen. Der tiefe Ton kroch in den Körper und verschaffte ein Gefühl von Wärme und Müdigkeit. Das Summen wurde lauter und wieder leiser und erfüllte schließlich den ganzen Raum. Jetzt erst schreckten die Wächter auf.

»Was singt der Alte?«

»Er wird zu seinen Teufeln beten. Du bist dran oder hast du Angst um dein bisschen Sold?«

Der Wächter wollte würfeln, aber mitten in der Bewegung erstarrte ihm die Hand, die den Würfelbecher hielt. Der Becher fiel scheppernd zu Boden. Dann schien es Kleiner Mond, als würde das Licht der Fackel schwächer. Die Flamme flackerte vor seinen Augen, wurde kleiner und wieder größer, und Kleiner Mond war es plötzlich, als blieben ihm die Gedanken stehen.

Die beiden Wächter saßen starr wie Puppen, und Kleiner Mond erinnerte sich, was der Weise Vater gesagt hatte: »Du musst deine Gedanken festhalten, darfst dich nicht gehen lassen!« Kleiner Mond hielt die Augen fest auf des Weisen Vaters Sandalen gerichtet.

Endlich verstummte das Summen so unmerklich, wie es begonnen hatte. Die Wächter waren besiegt.

»Wer bist du?«, fragte der Weise Vater einen von ihnen.

»Wang von der Leibgarde des dritten Prinzen.«

»Gib mir deine Schlüssel!«

»Wer als Wächter den Schlüssel gibt, erhält fünfundzwanzig Hiebe. In schweren Fällen wird er ins Grenzland verbannt oder mit dem Tode bestraft.«

»Warum spricht er so komisch?«, fragte Kleiner Mond.

»Pssst! Noch beherrschen ihn die Regeln, die man ihm beigebracht hat. Sag, Wang«, fuhr der Weise Vater fort, »warum hat der dritte Prinz die unschuldigen Reisenden gefangen genommen?«

»Sie sind Spione. Spione sind im Morgengrauen hinzurichten.«

»Aber du weißt doch, dass der Junge den goldenen Pass besitzt? Wie kann ein Bote des Kaisers ein Spion sein?«

»Sie ...« Der Wächter stockte. »Sie sind Spione des Fremden, des Stars.«

»Warum sollte der Star dem dritten Prinzen nachspionieren?«

»Wegen dem Aufstand, das wissen alle.«

Der Weise Vater schien für einen Augenblick erschrocken. Begann also schon so bald, was er vorhergesehen hatte? Das war der böse Fluch der Macht, vor dem niemand sicher war. Junge Männer würden wieder töten statt die immerwachsende Blume zu suchen.

»Was redet er?« Kleiner Mond zog den Weisen Vater am Ärmel. »Der Star will doch nach Hause, was soll er da einen Aufstand machen?«

»Nicht der Star, der dritte Prinz«, flüsterte der Weise Vater. »Sei still, ich muss noch mehr erfahren. – Wann soll der Aufstand beginnen, Wang?«

»Während der Truppenparade, am Tag nach der Sommersonnenwende. Wir sind auf dem Weg dorthin. Hier ist unser Hauptquartier. Der Abt hat sich gewehrt, aber wir ...«

»Vater, wir müssen etwas tun!«, rief Kleiner Mond.

Aber der Weise Vater stand regungslos. Eine Handlung führte zu einer weiteren Handlung, jeder erste Schritt zu einem zweiten. Aber in welche Richtung sollten sie gehen? Durften sie verhindern, was unausweichlich war? Kleiner Monds Hand fasste wieder nach seinem Ärmel. Der Junge hatte Recht. Sie mussten etwas tun, sogar für ihre Feinde, die Wächter. Denn wenn die Gefangenen am Tag vor dem Aufstand entkamen, würde man die Wächter töten. Sie mussten hier und jetzt die Pläne des Prinzen durchkreuzen.

Der Weise Vater zog die kleine Mappe mit den Schreibutensilien hervor, die er nach Art der Gelehrten im Ärmel trug. Er befeuchtete den Tuschestein und schrieb eine kurze Botschaft in den einfachen Zeichen, die die Soldaten benutzten.

»Den goldenen Pass, Kleiner Mond, schnell!«

Bevor Kleiner Mond noch verstand, was der Weise Vater damit bezweckte, hatte der schon das Siegel des Kaisers abgezeichnet. »Hoffentlich lässt sich der Prinz täuschen und glaubt, dass es eine Botschaft des Kaisers ist«, sagte er. »Wang, siehst du diesen Brief?«

»Ich kann nicht lesen.«

»Aber das Zeichen des Kaisers kennst du?«

»Der Soldat muss es kennen.«

»Und was ist die Pflicht des Soldaten?«

»Die Befehle des Kaisers auszuführen, und drohten ihm tausend Tode.«

»Dann befehle ich dir im Namen des Kaisers,

Wang, bei Tagesanbruch zum dritten Prinzen zu gehen und ihm diese Botschaft zu überbringen. Und ebenfalls im Namen des Kaisers: Gib mir die Schlüssel!«

Der Wächter wurde blass und Schweißperlen traten ihm auf die Stirn. Ein heftiges Schütteln ging durch seinen Körper, aber er gehorchte und tastete wie gegen einen heftigen Widerstand nach den Schlüsseln an seinem Gürtel. Kleiner Mond meinte den Schmerz zu spüren, den der ohnmächtige Mann dabei empfinden musste.

»Schlaf, Wang, schlaf!«, sagte der Weise Vater, als die Schlüssel gegen die Botschaft getauscht waren. Auch der alte Mann schien erschöpft.

Die beiden Wächter stöhnten, dann streckten sie sich der Länge nach auf dem Boden aus und nur noch ihr Atem war zu hören.

»Auch er könnte auf den rechten Weg zurückfinden«, sagte der Weise Vater, den Blick immer noch fest auf Wang gerichtet. »Das Gute in ihm hat über das Schlechte gesiegt.«

»Werden sie bis zum Morgen schlafen?«, fragte Kleiner Mond ungläubig.

»Ja. Aber wir dürfen nicht ruhen. Es ist schon nach Mitternacht und die Klosterbrüder wachen lange vor Tagesanbruch auf. Du musst schnell fort.«

»Ich?«

»Nur du hast versprochen, zur Sommersonnenwende zurück zu sein.«

»Aber ich werde Euch und das Pferd nicht im Stich lassen, nie!«

»Es geht um dein Leben, Kleiner Mond. Ich bin schon alt und der Tod ist für mich nur ein neuer Anfang.«

»Und das Pferd?«

»Dem Pferd kann nichts geschehen.«

»Aber ich hab es gehört. Es hat gewiehert, als ob man es quälen würde.« Kleiner Mond sprach im Zorn. Seine Wangen röteten sich und Tränen stiegen ihm in die Augen. Das Pferd war sein Freund. Er durfte nicht zulassen, dass man es quälte.

»Gut«, sagte der Weise Vater. »Vielleicht hast du Recht, und es ist besser, wir fliehen zusammen. Dann müssen wir nur zuerst das Pferd finden. Hm ...« Der Weise Vater dachte nach. »Sag, Kleiner Mond, hast du auf dem Weg zur Pforte nicht auch einen Wasserfall gehört?«

»In dem Regen konnte man nichts hören.«

»Aber der Weg führte über einen Bach?«

Kleiner Mond überlegte. Ja, er erinnerte sich an den Klang der Hufe, als das Pferd über die hölzerne Brücke ging. Er nickte.

Der Weise Vater lächelte. »Dann weiß ich, wo wir das Pferd suchen müssen. – Komm!« Er nahm die

Fackel der Wächter und ging zur Tür. Er öffnete sie vorsichtig und Kleiner Mond schlüpfte hinter ihm hinaus auf den nachtschwarzen Gang.

Über Treppen und Flure, durch Zimmer und Säle schlichen sie durchs Klosterlabyrinth. Je näher sie zur Pforte kamen, desto angestrengter lauschten sie in die Dunkelheit. Einmal stießen sie fast mit einem Soldaten zusammen, der zum Glück seine Fackel ungeschickt in Augenhöhe hielt. So blendete er sich selbst und sah nicht, dass es Fremde waren, die ihm begegneten. Doch als sie endlich die Vorhalle erreichten, lag dort eine Gruppe Soldaten um ein Kohlebecken. Sie schienen zu schlafen, aber einer stand in der Türöffnung nach dem Hof und stocherte sich mit einem Weidenzweig in den Zähnen.

»Das schaffen wir nie«, flüsterte Kleiner Mond.

»Jahrmarktgaukeleien«, seufzte der Weise Vater leise. »Brüder zu Hause, könntet ihr mich sehen!«

Draußen auf dem Hof begann ein Hund zu bellen, dann ein zweiter und dritter. Bald war es, als triebe sich ein ganzes Rudel dort herum. Der Soldat wurde unruhig. »Ist da jemand?«, rief er ins Dunkel.

Das Hundegebell wurde abwechselnd lauter und leiser. Der Wächter schien zu überlegen, ob er seine Kameraden wecken sollte. Doch er tat es nicht. Er ging hinaus, um selber nach dem Rechten zu sehen.

Der Weise Vater machte Kleiner Mond ein Zeichen. Sie bewegten sich lautlos und schnell. Einer der Schläfer räusperte sich und drehte sich auf die andere Seite, aber er wachte nicht auf. Sie schlüpften durch die Tür ins Freie und Kleiner Mond atmete gierig die frische Nachtluft.

»Hoffentlich wittern uns die Hunde nicht«, flüsterte er und drückte sich ängstlich gegen die Wand.

»Die Hunde sind nur in den Ohren dessen, der sie hört«, sagte der Weise Vater. »Sei still!«

Die Schritte des Soldaten knirschten im Sand. Dann blieb er stehen. Würde er zurückkommen? Nein, die Schritte entfernten sich. Jetzt mussten sie nur noch den Hof überqueren.

Wie zwei schwarze Schatten huschten Kleiner Mond und der Weise Vater zur Klosterpforte. Immer noch tropfte Wasser von den Dächern und auf den Hof. Durch ein Wolkenloch blitzte einen Augenblick der Mond. Dann waren sie durch die Pforte und standen auf dem Pfad durch den Fichtenwald. Sie liefen durch spritzenden Schlamm bis zur Brücke. Dort blieb der Weise Vater schwer atmend stehen.

»Warte, Junge, ich muss ein bisschen verschnaufen. Die Feuchtigkeit ist nicht gut für mich.«

»Aber wir müssen zum Pferd. Was glaubt Ihr, wo wir es finden?«

»Wir folgen dem Bachlauf. Ich ahne, wo wir die

geheime Tür zum Klostergewölbe finden. Alle Klöster haben eine solche Tür.«

Der Weise Vater stieg in den Bach und Kleiner Mond folgte ihm. Die Steine auf dem Grund des Baches waren glatt und das Wasser schoss ihnen gefährlich rauschend zwischen den Beinen hindurch. Trotzdem musste Kleiner Mond lachen, als er sah, wie der Weise Vater den Umhang anhob und seine mageren Beine zum Vorschein kamen. Er ging wie ein Kranich auf der Suche nach Beute.

Sie waren noch nicht weit gegangen, als sie die Stelle erreichten, wo das Wasser wie ein weißer Vorhang über eine gezackte Schwelle stürzte. Links und rechts von der Schwelle standen, wie Wächter, steinerne Statuen mit Teufelsfratzen. Aber was bewachten sie?

»Unter dem Wasserfall«, sagte der Weise Vater. »Die Tür ist unter dem Wasserfall.«

Kleiner Mond schaute vorsichtig über die Schwelle; es ging dort nicht weit in die Tiefe. Er befestigte die Fangschlinge an einer der Statuen und ließ sich langsam daran hinunter. Das Wasser war wirklich nur ein dünner Vorhang. Dahinter war eine Höhle, aber im Dunkeln konnte Kleiner Mond nicht erkennen, wie tief sie war. Er hätte gern den Weisen Vater gefragt, was er tun sollte, doch der konnte ihn bestimmt nicht hören, so laut er auch rief. Kleiner

Mond tastete nach einem Stein auf dem Höhlenboden, band ihn ans Ende der Fangschlinge und warf ihn, so fest er konnte, durch den Wasservorhang nach oben. Würde der Weise Vater ihn sehen und verstehen, was er bedeutete?

Kleiner Mond wartete. Aber es dauerte nicht lange, da kam auch der Weise Vater ächzend am Seil der Fangschlinge herabgeklettert.

»Wir brauchen Licht«, sagte Kleiner Mond und half ihm das Wasser aus dem Umhang wringen.

»Warte.« Der Weise Vater nestelte an einem Beutel, den er unter dem Umhang trug, dann hörte Kleiner Mond ein Zischen und ein winziges Öllicht erhellte schwach die Höhle. In der hinteren Wand war eine blutrot leuchtende Tür, die in den Felsen führte.

20

Der ganze Hügel unter dem Kloster war von Gängen durchzogen wie ein Termitenbau. Von Zeit zu Zeit hob der Weise Vater das Öllicht, um die Schrift an den Wänden zu lesen, die ihnen den Weg wies. Das war nicht einfach, denn die Schriftzeichen waren uralt und ein weißlicher Schimmel lag über den feuchten Wänden. Kleiner Mond sah ängstlich, dass Käfer die hölzernen Pfeiler angefressen hatten, die die Decke stützten. Es schien, als hätte seit Jahrhunderten niemand mehr die geheimen Gänge benutzt.

»Wie weit noch, Vater?«, fragte Kleiner Mond.

»Wir müssten schon unter dem Tempel sein. Achte jetzt auf Risse in den Wänden oder frischen Putz. Hier irgendwo muss der Eingang zu den Kellern sein.«

Kleiner Mond suchte so angestrengt, dass ihm die Augen tränten. Aber nahtlos fügte sich ein Stein an den anderen.

»Hörst du, Kleiner Mond?« Der Weise Vater legte die Hand ans Ohr. Von irgendwoher kam ein Geräusch, als riebe Metall an Metall.

»Der Türmechanismus«, flüsterte der Weise Vater. »Dort hinten, wo die Ziegel vorstehen.«

Kleiner Mond starrte in die Dunkelheit und fuhr entsetzt zurück. »Eine Ratte, seht Ihr? Eine riesige Ratte!«

»Vielleicht kommt sie, um uns den Weg zu zeigen«, sagte der Weise Vater ruhig. Er ging zu der Stelle, wo drei Ziegel aus dem Mauerwerk vorstanden, und hob das Öllicht über den Kopf. »Klettere hinauf, Kleiner Mond, dort oben muss eine Lüftungsöffnung sein.«

Kleiner Mond benutzte die vorstehenden Ziegel als Treppe und wirklich war dicht unter der Decke ein Loch in der Mauer. Die Flamme des Öllichts flackerte im leichten Luftzug, als der Weise Vater es noch ein wenig höher hob. Kleiner Mond rief flüsternd nach dem Pferd.

Sie mussten lange warten. Dann hörten sie ein leises Knacken und gleich darauf ein Geräusch, als würde etwas Schweres beiseite geschoben.

»Es ist dort«, sagte der Weise Vater. »Ich spüre es.«

»Aber wie kommen wir zu ihm? Das Loch ist so klein, dass nicht mal mein Kopf durchpasst.«

»Komm herunter und lass uns überlegen!«

Aber in der Eile senkte der Weise Vater viel zu schnell das Licht, und Kleiner Mond konnte nicht mehr sehen, wohin seine Füße traten. Er rutschte und fiel, schlug mit den Knien gegen den unteren der drei Ziegel, während er mit den Händen den mittleren streifte. Er schrie. Doch Kleiner Monds Schmerzensschrei war nicht der einzige Laut, der durch die finsteren Gänge hallte. Zugleich erklang ein schreckliches Knarren und Knirschen und wie von Zauberhand öffnete sich eine geheime Tür. Kleiner Mond hatte im Fallen ihren Mechanismus ausgelöst. In dem Raum, zu dem sie führte, lag mit zusammengebundenen Hufen das Pferd.

»Ein Ziegelschloss, ich hätte es wissen müssen«, sagte der Weise Vater. »Werde ich alt, dass ich nicht darauf gekommen bin?«

Aber Kleiner Mond hörte nicht, was er sagte. Er lief zu dem Pferd, dem ein eiserner Maulkorb das Maul verschloss. Es sah schlecht aus. Blutige Striemen zogen sich über seinen Hals und es atmete kaum hörbar. Kleiner Mond spürte, wie Hass in ihm aufstieg. Das würde der Prinz büßen! Er nahm sein Messer und zerschnitt die Fesseln des Pferdes. Der Weise Vater kam und nahm ihm den Maulkorb ab. »Wie fühlst du dich, Bruder?«, fragte er.

Das Pferd antwortete nicht. Tiefe Seufzer waren alles, was es von sich gab. Es war, als müsste es sterben.

Kleiner Mond klammerte sich schluchzend an seinen Hals. Das durfte nicht sein! Das Pferd durfte nicht sterben! Und mit aller Kraft rief Kleiner Mond den Namen des Pferdes, rief ihn immer wieder und beschwor es im Namen des Windes und der Wolken, des weißen Schnees und der unendlich hohen Berge, des frühlingsgrünen Grases und des Silberlichts der Sterne. Tränen rannen ihm aus den Augen und bedeckten den Hals des Pferdes wie Tau das herbstliche Gras.

Kleiner Mond wusste nicht mehr, wie lange er bei dem Pferd gesessen und geweint hatte, als er aufstand, um bei dem Weisen Vater Trost zu suchen. Die Knie zitterten ihm und er musste sich an dem Umhang des alten Mannes festhalten. Da hörte er das Knistern des Ölpapiers. Die immerwachsende Blume! Warum hatte er nicht gleich daran gedacht?

»Vater, die Blume! Ihr sagt doch, dass sie Wunden heilt. Schnell, macht das Paket auf, wir lassen das Pferd daran riechen!«

Wie langsam die Bewegungen waren, als der Weise Vater den Knoten um das Päckchen öffnete, erst umständlich das Ölpapier und dann das feuchte Moos entfernte! Kleiner Mond wartete ungeduldig. Endlich hielt der Weise Vater dem Pferd die Blume vor die Nase, aber nichts geschah. Schlief die Blume schon zu tief? Kleiner Mond wrang, ohne zu wissen, was er tat, das Wasser aus seinen Jackenärmeln, die nass waren vom Wasserfall und von seinen Tränen.

Da erzitterte plötzlich der Boden unter ihren Füßen. Ein fernes Grollen schien tief aus der Erde aufzusteigen, Putz und Mörtel regneten von der Decke herab und erstickten die kleine Flamme des Öllichts. Dann war wieder alles ruhig.

»Was war das?«, fragte Kleiner Mond in die Dunkelheit.

»Ein Erdbeben«, sagte der Weise Vater. »Aber keine Angst, es ist weit entfernt.«

Kleiner Mond meinte zu hören, wie er versuchte, das Öllicht wieder anzuzünden. Und als es hell wurde, meinte er, das sei ihm auch gelungen. Aber das Licht, das den Raum erhellte, war nicht das schwache Öllicht. Es war ein weißes Licht wie von einem fernen Stern, und Kleiner Mond sah, es war die Mähne des Pferdes, die wieder leuchtete. Schon hob das Pferd den Hals. Es schüttelte die Mähne, und endlich, endlich sprang es auf und warf die Hufe, dass die Funken stoben. Auch der Schweif leuchtete jetzt wie tausend Silberfackeln und zum ersten Mal erklang wieder das vertraute Wiehern.

Kleiner Mond stand wie versteinert. So groß war seine Angst gewesen, dass er keine Kraft mehr hatte, sich zu freuen. Aber das Pferd lebte, es war nicht gestorben.

»Kleiner Mond, Junge!« Das Pferd blies ihm warmen Atem ins tränenverschmierte Gesicht. »Was weinst du noch? Und wovor hattest du solche Angst? Das Pferd findet immer zu seinem Reiter zurück, wusstest du das nicht? – Kommt, wir müssen heraus aus dem stinkenden Rattenloch!«

Noch während das Pferd gesprochen hatte, war das Geräusch nahender Schritte zu hören gewesen. Jetzt knirschten schon die Riegel der Gefängnistür.

Das Pferd hieß Kleiner Mond aufsitzen und schob den Weisen Vater mit dem Kopf durch die Geheimtür, die es mit einem wilden Tritt seiner Hinterhufe schloss. Dann hetzte es im wilden Galopp durch die unterirdischen Gänge.

»Halt!«, rief Kleiner Mond. »So halt doch an! Wir dürfen den Weisen Vater nicht zurücklassen!«

Das Pferd hielt einen Augenblick inne. »Schnell dann, hilf ihm auf meinen Rücken!«

Kleiner Mond reichte dem Weisen Vater die Hand und half ihm hinten aufsitzen. Der alte Mann schnaufte, denn er hatte versucht, mit dem Pferd Schritt zu halten. Und wieder ging es im Galopp durchs Labyrinth der Gänge. Kleiner Mond sah im Lichtschein des Pferdes die verblassten Muster einstmals glänzender Kacheln, kaum noch erkennbare Reliefs und verwischte Wandinschriften vorüberfliegen. Spinnweben fingen Feuer vom Funkenschlag der Hufe, und als das Pferd durch den schäumenden Vorhang des Wasserfalls setzte, sah Kleiner

Mond, wie hinter ihnen eine Wolke aus Dampf aufstieg, die, vom Wind gezaust, in den Himmel wehte wie eine Siegesfahne.

Nur ein kurzes Stück noch galoppierte es das Bachbett entlang, dann streckte sich das Pferd und erhob sich in die Lüfte, der Morgensonne entgegen. Die Nacht war dem Morgen gewichen, die Kiefernwälder dufteten nach Harz und aus den Akazien im Tal flog ein Schwarm blauer Elstern auf. Ein sanfter Wind trocknete die Kleider der Fliehenden.

»Langsamer, Pferd!« Der Weise Vater war immer noch außer Atem. Er hielt sich nur mit einer Hand an Kleiner Mond fest und versuchte mit der anderen, seine wehenden Haarsträhnen zu einem Knoten zu binden.

»Hoffentlich ist die Blume nicht zerdrückt!«, sagte Kleiner Mond, der das wertvolle Geschenk, bevor er aufs Pferd sprang, noch schnell unter seine Jacke geschoben hatte.

»Und pass auf, Pferd, dass du dich nicht in der Richtung irrst!«, fuhr der Weise Vater fort.

»Was geht mich der Kaiser an!«, sagte das Pferd und schnaubte wütend. »Ich fliege, wohin ich will.«

»Nein!« Die Stimme des Weisen Vaters klang fest und bestimmt. »Kleiner Mond hat dich gerettet. Er ist dein Reiter und du musst ihm gehorchen.«

Einen Augenblick flog das Pferd noch weiter, als

hätte es nichts gehört. Doch dann änderte es die Richtung. »Ihr habt ja Recht, Vater«, sagte es. »Auch wir Himmlischen müssen dem Ruf folgen, der aus einem liebenden Herzen kommt. Kleiner Mond, lieber Bruder, wir bleiben noch für ein Stück Reise zusammen.«

Kleiner Mond war es nicht gewohnt, dass man so mit ihm sprach, und er überlegte, was er darauf antworten sollte. »Vielleicht ...«, sagte er nach einer Weile, »... vielleicht sollten wir uns irgendwo waschen.«

Da musste das Pferd lachen, dass es das Rauschen des Windes übertönte und ein Falke, der über den Feldern seine Kreise zog, vor Schreck zusammenzuckte. Auch der Weise Vater lachte, dass ihm die Tränen über die Wangen kullerten.

»Ich dachte doch nur, weil wir am Abend schon beim Kaiser sind«, sagte Kleiner Mond, der ein bisschen beleidigt war. »Wie sieht es aus, wenn wir so dort ankommen – und sowieso fehlt uns ein Geschenk.«

»Wir haben es nicht vergessen, Junge«, sagte das Pferd. »Und solange wir noch unterwegs sind, ist auch noch Hoffnung. Du kannst das dritte Geschenk noch auf den Stufen des kaiserlichen Palasts finden, wenn du nur die Augen offen hältst. Jetzt sag aber, wo wir Rast machen sollen?«

»Erinnerst du dich an den alten Mann, der uns den Weg zum Zolltor beschrieben hat? Bestimmt hätte er Reis und Honig für uns.« Kleiner Mond wusste nicht, warum er den alten Mann wiedersehen wollte. Er spürte nur plötzlich eine Sehnsucht nach seinen freundlichen Augen, nach dem Summen der Bienen und dem kleinen Akazienwäldchen, in dem der Alte wahrscheinlich seine Hütte hatte. Das schien alles so weit zurückzuliegen. Als er dort gewesen war, hatte er noch nichts von verrückten Messerwerferinnen gewusst, nichts von wütenden Adlern und verschlagenen Prinzen.

Kleiner Mond drehte sich zu dem Weisen Vater um. »Der Aufstand! Vielleicht sollten wir lieber gleich zum Kaiser gehen und ihn warnen.«

»Ich glaube nicht, dass das nötig ist«, sagte der Weise Vater und strich sich über den dünnen Bart. »Schau die Straße da unten. Meine Botschaft scheint schon Wirkung zu tun.«

Über die Straße nach Norden zogen Soldaten, und gelbe und rote Fahnen zeigten, es waren die Soldaten des dritten Prinzen. Reitern folgten Wagen mit Proviant, dahinter marschierten die gewöhnlichen Truppen.

»Mir scheint, der sich selbst beherrschende Wille hat auch ein gutes Stück Schlauheit gepachtet«, lachte das Pferd. »Begebt euch sofort ins nördliche

Grenzgebiet oder ihr seid des Todes! – Habt ihr so oder ähnlich nicht geschrieben?«

»Als ich noch Novize war«, antwortete der Weise Vater verlegen, »habe ich auch anderes gelesen als die heiligen Schriften.«

»Sagt, Weiser Vater, ob ich auch einmal lesen lernen werde?«, fragte Kleiner Mond.

»Lesen und schreiben, mein Sohn. Und eines Tages wirst du vielleicht aufschreiben, was wir zusammen erlebt haben. – Achtung, Pferd, da vorne ist das Akazienwäldchen!«

Das Pferd hatte es längst bemerkt. Es landete bei dem Kanal, den Kleiner Mond schon kannte, und trabte im Schatten der Akazien in die Richtung, wo die Bienenkörbe des Alten standen. Das leise Rauschen in den Wipfeln der Bäume und der zarte Duft ihrer Blüten waren wie ein Versprechen auf ein herzliches Willkommen.

21

Es war ein stiller Augenblick zwischen Tag und Abend. Der Wind lag schon im sanften Schlummer und die Schatten waren lang. Kleiner Mond und der Weise Vater saßen unter einer Akazie am Ufer des Kanals. Das Pferd graste ein Stück abseits.

Der Tag war so schnell vergangen, doch jetzt kroch die Zeit im Schneckentempo. Kleiner Mond betrachtete die Spitzen seiner Stiefel, die er vergeblich mit Bienenwachs eingerieben hatte, damit sie glänzen sollten. Schlimm sahen sie aus, genauso schlimm wie die Jacke, die er gewaschen, getrocknet, geflickt und gebügelt hatte und die ihm trotzdem wie ein Lumpen um den Leib hing. So würde er vor den Kaiser hintreten müssen, mit zwei Geschenken statt dreien. Der Star würde heimreisen dürfen, sosehr der Kaiser ihn auch brauchte. Kleiner Mond kickte einen Kiesel in den Kanal. Als er ins Wasser klatschte, klang es wie ein Fluch.

»Warum bist du böse, Junge?«, fragte der Weise Vater.

»Ich ärgere mich über mich selbst«, sagte Kleiner Mond. »Der Kaiser wird sagen, ich tauge nichts, und er hat ganz Recht. Was musste ich auf Mädchenlieder hören und etwas suchen, was es wahrscheinlich gar nicht gibt? Die immerwachsende Blume und der sich selbst beherrschende Wille – vielleicht hält mich der Kaiser einfach für verrückt.«

»Du machst dir unnötig Sorgen. Du kannst nicht wissen, was der Kaiser denkt, und du weißt nicht, was der Star für Geschenke bringen wird. Flicht lieber ein schönes Körbchen für die Blume, das Papier ist schon ganz zerrissen.«

»Ich mag nicht.« Kleiner Mond stand auf und ging weg. Wäre doch schon alles vorbei gewesen!

Der Weise Vater lächelte. Er holte Binsen vom Ufer des Kanals und begann selbst, das Körbchen zu flechten. Aber seine Finger schienen zu ungelenk und immer wieder rissen ihm die dünnen Halme.

»Darf ich Euch helfen, Vater?« Kleiner Mond kam zurück. »Es wäre besser, man hätte die Halme in Wasser eingeweicht. So muss man sehr vorsichtig sein.«

Lächelnd sah der Weise Vater, wie flink Kleiner Mond die Arbeit von der Hand ging. Im Nu war das Körbchen fertig. »Siehst du, Junge.« Der Weise Vater stand auf. »Etwas tun ist immer besser als sich Sorgen machen. Und nun leg die Blume hinein und ruf das Pferd, wir müssen aufbrechen.«

Ein paar Bürstenstriche noch über die Flanken des

Pferdes, dann warf sich Kleiner Mond die Fangschlinge über die Schulter, nahm Pfeile und Bogen und sie ritten davon. Sie winkten dem alten Bienenzüchter, und er verbeugte sich dreimal, um ihnen Glück zu wünschen.

Es war ein merkwürdiges Gefühl, wieder zu den Sommerhügeln zu reiten, wo die Zelte des kaiserlichen Lagers in der Abendsonne schimmerten. Überall auf den Straßen und Wegen wimmelte es von Soldaten, aus den feuchten Wiesen flogen Wildenten auf und das Schlagen der Golddrossel klang von fern ans Ohr. Der Himmel war taubenblau und die ganze Erde roch wie frisch gewaschen.

»Das Zelt des Kaisers steht am Teich. Folgt einfach dem Pfad, den die Fahnen markieren«, antwortete der Soldat, den sie nach dem Weg fragten. Die Wächter verbeugten sich vor dem goldenen Pass, und fast schien es Kleiner Mond, als lächelten sie. Dann salutierte schon die Leibgarde des Kaisers. Kleiner Mond sah die seidenen Roben der hohen Beamten vor dem kaiserlichen Zelt, das in der rötlichen Glut der Abendsonne funkelte, und hörte das dumpfe Dröhnen unzähliger Trommeln.

Sie stiegen vom Pferd und gingen zu Fuß über das kurz geschnittene Gras. Die Trommeln verstummten. Die Soldaten und Höflinge verbeugten sich still und nur das leise Flüstern des Teiches war noch zu hören. Als die hohen Beamten beiseite traten, standen Kleiner Mond und der Weise Vater vor dem Kaiser.

Er saß auf einem einfachen geflochtenen Stuhl vor dem Zelt. Vor ihm balgten sich die Leoparden im Gras wie Katzenjunge. Der Chow-chow kam hinter dem Stuhl hervor und begann zu bellen.

»Still, kleiner Teufel!« Der Kaiser gab dem Tier einen Klaps mit dem Fächer. Dann blickte er auf.

»Sieh an, der kleine Pferdehirt. Willkommen, Kleiner Mond! Ich sehe, du hast Wort gehalten. Mir scheint nur, die Zeit ist nicht spurlos an dir vorübergegangen. Hm ... Aber daran erkennt man, dass du dir Mühe gegeben hast. Wer ist der alte Mann?«

»Hoher Herr ...« Kleiner Mond verbeugte sich tief. »Ich bringe Euch den Ältesten des Klosters der Weisen Väter.«

Der Kaiser erhob sich von seinem Stuhl und verbeugte sich. »Ehrwürdiger Vater, seid uns willkommen, denn wir unterhalten uns gern mit weisen Männern. Doch verzeiht, wenn ich mich Euch erst später widmen kann. Wir wollen, noch bevor die Fackeln angezündet werden, sehen, wie der Wettstreit zwischen Ost und West ausgeht.«

Er klatschte in die Hände und sofort begann wieder das Dröhnen der Trommeln. Wieder verbeugten sich die Höflinge und Soldaten. Dann machten sie eine Gasse frei und Kleiner Mond sah den Star mit seinem Gefolge. Wie prächtig geschmückt er war! Der schwarze Samt seines Gewandes war schwer von Stickereien aus Perlen und Gold.

Der Kaiser runzelte die Stirn. »Wozu diese Verkleidung? Sieht so ein Gouverneur des Kaisers aus?«

»Sohn des Himmels, heute sehen Eure Augen nur den Kaufmann aus dem fernen Westen«, antwortete der Star.

Jetzt lächelte der Kaiser. »Es müssen wahre Wunder sein, die du mir mitgebracht hast«, sagte er. »Ich sah schon die Karawane, mit der du gekommen bist. Aber täusche dich nicht, auch in einem Binsenkörbchen können Schätze stecken. – Kleiner Mond, zeig mir deine Geschenke!«

Kleiner Mond bereute längst, dass er zurückgekehrt war. Was waren schon seine Blume und der alte Mann, dem sein schäbiger Umhang um die dürren Beine schlotterte. Nichts. Bestimmt waren noch die Körbe, in denen der Star seine Geschenke brachte, aus Gold.

»Herr ...« Der Weise Vater sprach leise und mit gesenktem Kopf. »Herr, der Junge ist müde und schüchtern vor Angst. Lasst den Mann aus dem Westen beginnen.«

Der Kaiser nickte. »Gut – obwohl es gegen die

Ordnung des Himmels ist. Star, zeig uns, was du mitgebracht hast!«

Auch der Star antwortete mit einem Nicken. Dann machten sich seine Diener an die Arbeit. Zu viert zogen sie die schwere Seidendecke von einem riesigen Bambuskorb.

»Mindestens vier Ochsen hat er gebraucht, um den hierher zu schaffen«, dachte Kleiner Mond verzweifelt.

Mit geübten Griffen öffneten die Diener den Korb und holten lange, runde Hölzer heraus, die sie nebeneinander ans Ufer des Teiches legten. Dann gingen sie zurück zu dem Korb und hoben ein mannshohes Schiff mit drei Masten heraus. Noch ehe das beifällige Gemurmel der Höflinge verstummt war, schaukelte das Schiff auf den Wellen des Teiches wie eine Wasserlilie im sommerlichen Wind.

»Herr, seht das Schiff!«, sagte der Star. »Es ist ein Modell, und ich habe es angefertigt, weil drei Wochen zu kurz waren, Euch ein richtiges Schiff zu bauen. Aber Ihr seht daran, wozu die Schiffbauer des Westens im Stande sind. – An die Arbeit, Männer!«

Die Diener stiegen ins Wasser. In den Händen hielten sie Seile, mit denen sie die Segel des Schiffes setzten. Ein Blasebalg wurde herangeschafft und bald wehte ein Sturm über den kleinen Teich. Aber dem Schiff konnte er nichts anhaben. Es tanzte über die Wellen, und der Star hielt das Ruder an einem Seil, das seine Diener ihm gereicht hatten.

»Herr, wenn Ihr dagegen Eure Dschunken betrachtet – müsst Ihr dann nicht zugeben, dass die Schiffbauer meiner Heimat unübertrefflich sind?«

»Nun ...« Der Kaiser strich über seinen Bart. »Solche Schiffe sind sicher sehr nützlich – aber warum sollte jemals jemand aus dem Reich der Mitte über die stürmischen Meere fahren wollen, für die sie gebaut sind? Zeig dein zweites Geschenk!«

Diesmal ging der Star selbst zu dem Korb und holte einen Stapel Bücher heraus, deren Einbände über und über mit Gold verziert waren.

»Herr, ich habe im Lauf der Jahre, die ich bei Euch bin, ein wenig Eure schöne Sprache gelernt. Ich habe sie dann auch zu schreiben versucht, habe mich im Gebrauch des Pinsels und der Tusche geübt, bis mir die Finger schmerzten, und kann doch immer noch kaum lesen, was ich geschrieben habe. Wie viel einfacher ist das bei uns im Westen! Wir haben nicht tausende und tausende von komplizierten Zeichen, sondern weniger als dreißig, die so einfach sind, dass jeder sie leicht erlernen kann. Und nicht nur eine Sprache lässt sich damit schreiben, sondern ...«

»Kaufmannsvernunft!«, unterbrach ihn der Kaiser. »Das ist es, was ihr im Westen offenbar überreichlich habt. Mögen deine Zeichen gut sein für die Rechnungsschreiber – für die Poesie und Philosophie taugen sie niemals.«

»Herr, ich dachte mir, dass Ihr so reden würdet. Aber ich habe mir lange überlegt, ob man Eure Sprache nicht auch nach ihren Lauten schreiben kann, und ich weiß, dass es möglich ist. Man braucht mehr Zeichen als für die Sprachen des Westens, aber es ist möglich. Seht, ich habe sogar eins Eurer eigenen Gedichte aufgeschrieben. Es war nicht leicht ...«

»Behauptest du, dass jeder, der diese hässlichen Kringel kennt, schon lesen und verstehen kann, was ich geschrieben habe?«

»Ja. Wenn er nur den Dialekt kennt, den ihr in der Hauptstadt sprecht.«

»Und wie, wenn er aus dem Süden kommt?«

»Dann kann er es lesen, aber wahrscheinlich schwer verstehen, weil man dort anders spricht.«

»Und siehst du, darum geht es. Der Süden spricht bei uns anders als der Norden, aber alle sollen sie die Befehle des Kaisers verstehen. Unsere Zeichen sind überall die gleichen, und wer lesen kann, kann sie verstehen, egal wie er spricht, was er liest. Aber lass mir diese Bücher hier, ich will sie gern studieren, wenn ich wieder einmal nicht schlafen kann.«

Kleiner Mond fand, dass der Kaiser zufrieden aussah, obwohl ihm die Geschenke des Stars doch gar nicht zu gefallen schienen. Dabei waren sie so schön. Und der Star war so klug. Was wohl das dritte Geschenk sein mochte? Kleiner Mond reckte den Hals, damit er besser sehen konnte.

Das dritte Geschenk war aus poliertem Holz, aus durchsichtigem Kristall und Gold und gab merkwürdige metallische Geräusche von sich.

»Dies ist eine Uhr«, sagte der Star. »In ihr steckt alles Wissen, das die Gelehrten in der ganzen Welt über die Bewegung der Sterne zusammengetragen haben. Sie misst die Zeit. Ihre Zeiger zeigen die Stunde und den Augenblick, die Phasen des Mondes und den Wechsel der Jahreszeiten nach dem Stand der Sonne. Sie misst, wie viel Zeit wir für alles brauchen, was wir tun, sei es am Tag oder bei Nacht.«

»Star, du schlauste Langnase, die mir jemals unter die Augen gekommen ist!«, rief der Kaiser lachend. »Willst du mich wieder daran erinnern, wie lange ich dich schon auf die Heimreise warten lasse? Ungeduldiger, weißt du nicht, dass wir immer viel zu viel oder viel zu wenig Zeit haben? Wie sollte man sie da messen? Die Zeit der Soldaten im Kampf ist eine andere als die der Liebenden, und die Nacht ist endlos für den, der bei einem Kranken wacht. Die Zeit, Star, ist ein Zustand unserer Sinne. Aber ich verstehe: Du bist Kaufmann und Zeit ist für dich Geld.

Du denkst daran, dass Getreide verdirbt, wenn die Karawane zu lange braucht, für dich mag dieses tickende Gehäuse taugen. Für mich ist es ein Spielzeug – und es anzustarren Zeitverschwendung.« Jetzt lachte der Kaiser so heftig, dass der Chow-chow wieder zu bellen begann.

Der Star wurde rot. Der Spott des Kaisers musste ihn kränken.

»Er glaubt, dass er nicht nach Hause darf«, dachte Kleiner Mond. »Dabei hab ich nichts, was auch nur halb so wunderbar wäre wie seine Geschenke.«

Der Kaiser ließ grünen Tee bringen, trank einen Schluck und ging dann die Geschenke des Stars aus der Nähe betrachten. Er musterte das Schiff, blätterte in den Büchern und lächelte wohlwollend, als der Star das Gehäuse der Uhr vor seinen Augen öffnete. Die hohen Beamten beobachteten alles mit versteinerten Gesichtern. Dann kehrte der Kaiser an seinen Platz zurück.

»Kleiner Mond! Wo bist du? Und wo sind deine Geschenke? Zeig sie mir, damit ich den Sieger des Wettstreits bestimmen kann! Nun los, worauf wartest du? Lass uns sehen, ob die Vernunft des Pferdehirten über die Vernunft des Händlers triumphiert!«

Kleiner Mond trat vor, obwohl er lieber weggelaufen wäre. Wie sollte er es dem Kaiser erklären? Wie vermeiden, dass er dessen ganzen Zorn auf sich lud? Kleiner Mond gab sich einen Ruck. Der Finder der immerwachsenden Blume mochte weglaufen oder die Reiter des fliegenden Pferdes – aber der Pferdehirt niemals! Als er aufblickte und zu reden begann, zitterte seine Stimme, aber sie hatte einen aufrichtigen Klang.

22

»Edler Herr«, begann Kleiner Mond, »Ihr habt die Schätze gesehen, die der Star Euch gebracht hat. Aber seht ihn an und seht mich an ...« Kleiner Mond schluckte. »Musste ich nicht verlieren? Ich bin nur ein Pferdehirte, Herr, und ... ich habe versagt.« Kleiner Mond nestelte am Saum seiner Jacke, und seine Augen brannten, so sehr musste er die Tränen unterdrücken. »Bitte, Herr ... Bitte entscheidet gleich, dass der Star gewonnen hat, und bestraft den Verlierer.«

»Kleiner Mond, sieh mich an!« Der Kaiser sprach ganz ruhig. »Sieh mich an und sage mir, warum du so spät noch aufgeben willst. Du hast doch Geschenke gebracht. Und deine Augen zeigen mir, dass du mich nicht enttäuschen wolltest.«

»Ich hab's versucht, Herr, aber ich hab's nicht geschafft.« Kleiner Mond bohrte eine Stiefelspitze in die weiche Erde unter dem feuchten Gras. »Es begann alles mit dem komischen Lied, das ich in Eurem Palast hörte.«

»Was für ein Lied?«

»Es war an dem Abend, als wir nach Peking

kamen. Da hörte ich ein Mädchen von drei Weisen singen, die über die Wunder des Lebens reden.«

»Ich kenne das Lied. Ich habe es nie gemocht.« Der Kaiser blickte finster und klopfte sich mit seinem Fächer gegen die Zähne.

Kleiner Mond senkte wieder den Kopf. Eine Träne rann ihm über die Wangen und er musste sich mit dem Handrücken die tropfende Nase wischen.

Der Kaiser senkte den Fächer, aber mitten in der Bewegung hielt er inne. Seine Miene hellte sich wieder auf und er sagte: »Ich bin ein brummiger alter Mann, Kleiner Mond. Verzeih! Wie geht das Lied eigentlich, warte ...«

Der Kaiser summte erst, um die richtige Melodie zu finden, dann sang er mit trockener Greisenstimme:

Und sie fanden drei Wunder,
Die bleiben:
Die Blume, die immer wächst,
Den Willen, der sich selbst beherrscht,
Und die Pflanze des langen Lebens.

Der Kaiser verstummte und stand eine Weile regungslos. Dann räusperte er sich und fragte: »Willst du etwa behaupten, dass du die Pflanze des langen Lebens gefunden hast?«

»Nein, Herr«, antwortete Kleiner Mond. »Die kann, glaube ich, kein Sterblicher finden. Aber die immerwachsende Blume hab ich gefunden und den sich selbst beherrschenden Willen. Hier, seht!« Und mit zitternden Händen reichte Kleiner Mond dem Kaiser das Körbchen, aus dem die kleinen gelben Blüten herausschauten. »Sie stammt vom Dach der Welt, so wie der Weise Vater, den Ihr schon kennt. Er besitzt den sich selbst beherrschenden Willen, seine Weisheit ist groß und er kann viele unglaubliche Dinge. Er hat versprochen, dass Ihr ihn auf die Probe stellen dürft.«

»Er soll sich beherrschen, bis ich das dritte Geschenk gesehen habe«, sagte der Kaiser barsch.

»Ich hab's verloren, Herr«, sagte Kleiner Mond leise. »Ich brauchte es, um aus dem Adlerhorst zu fliehen. Es hat mir das Leben gerettet.«

»Und was war das für ein Geschenk?«

»Bogensehnen, Herr. Stärker als alle Sehnen der Welt.«

»Woher hattest du sie?«

»Von Tarlan, dem Bogenschützen, vom Zirkus Himmlischer Drache.«

»Hm ...« Der Kaiser schien nachzudenken. »Ich weiß nicht, Junge, aber ich glaube, du bist ein Märchenerzähler, denn dass du kein Lügner bist, sehe ich an deinen Augen. Nach meinem Wissen befindet sich der größte Zirkus meines Reiches derzeit weit im Süden, und die Blume und der Weise Vater, sagst du, kommen vom Dach der Welt. Wie aber hättest du in wenigen Wochen so weit reisen können? Bist du vielleicht nur über die Marktplätze gelaufen und hast dir die Geschichten des Karawanenvolks angehört?«

»Nein, Herr«, sagte da der Weise Vater. »Kleiner Mond hat getan, was Ihr ihm befohlen habt, und er war tapfer wie kein Zweiter unter Euren Untertanen. Drei Geschenke sollte er Euch bringen und drei Geschenke hat er auch gebracht. Er ist nur so durcheinander, dass er alles vergessen hat.« Der Weise Vater legte Kleiner Mond die Hand auf die Schulter. »Du musst nachdenken, kleiner Reiter des wunderbaren Pferdes.«

Lange blieb alles still. Der Kaiser wartete und der Star, die Soldaten, die Höflinge und die finster blickenden hohen Beamten. Kleiner Mond drehten sich die Gedanken im Kopf. Es gab kein drittes Geschenk. Kein Schiff mit drei Masten, keine Schrift, keine Uhr, nichts. Er schluchzte und wäre zu Boden gestürzt, hätte ihn der Weise Vater nicht gehalten. »Hör in dich hinein, Kleiner Mond! Denk an das Lied! Denk an die Reise!«

Und plötzlich wusste Kleiner Mond, was der Weise Vater meinte. Er sah den Kaiser an und den

Star, er blickte in die sanften Augen des Weisen Vaters und stürzte hin zu dem Pferd, das stand, wie sie es zurückgelassen hatten.

»Das ist das dritte Geschenk, Herr! Es weiß, dass ich keine Märchen erzähle, und es ist das wunderbarste Geschenk, das es gibt. Das Pferd! Ich schenke Euch das Pferd!«

»Ich habe schon gesehen, dass es ein prächtiges Tier ist«, sagte der Kaiser, »und ich spüre die Lust, trotz meiner alten Knochen, auf ihm davonzureiten. Aber solche Pferde gibt es zu tausenden in meinen Ställen. Und du weißt, Pferdehirt, dass man sein Pferd nicht verschenkt, nicht einmal dem Kaiser.«

»Es ist kein gewöhnliches Pferd, Herr.« Kleiner Mond spürte, wie er rot wurde, und seine Stimme begann wieder zu zittern. »Es ist ... Es ist ein fliegendes Pferd und es kann sprechen.«

Unter den Umstehenden erhob sich ein Gemurmel und Geraune. Kleiner Mond wartete voller Angst. Das Pferd hatte versprochen, dass es in der Stunde der Not auch vor anderen Menschen sprechen würde. Aber würde es sein Versprechen halten?

»Der Junge spricht die Wahrheit.«

Das Gemurmel und Geraune verstummte, denn es war keine irdische Stimme, die da gesprochen hatte.

»Ich bin das Pferd, das fliegen und sprechen kann. Und wenn der Sohn des Himmels nicht alles vergessen hat: Auch wir sind einmal miteinander gereist.«

Der Kaiser lehnte sich zurück, und alle hörten, wie der Griff seines Fächers in seinen Fingern zerbrach. »So ist es also wahr. Ich glaubte dich schon zu erkennen, als du am Tag des weißen Pferdes mit dem Jungen zu mir kamst.«

Alle hatten die Worte des Pferdes gehört und wie ein Lauffeuer ging es nun durch das Lager: »Es spricht und fliegt! Ein sprechendes, fliegendes Pferd! Es ist ein Wunder! Der Star hat verloren! Was sind alle Reichtümer gegen ein himmlisches Pferd? Der Osten ist wunderbarer als der Westen! Wie töricht die Langnasen sind!« Die Höflinge lärmten, die Soldaten hoben ihre Speere und von überall her hörte man höhnisches Lachen.

Der Star aber stand ganz ruhig in der tobenden Menge. Die Glut der untergehenden Sonne leuchtete aus seinen Haaren, aber sein Gesicht war blass. Der aufkommende Abendwind bewegte die Feder an seinem Hut und sein prächtiges Gewand bauschte sich wie ein geblähtes Segel.

»Star, hörst du, was sie sagen?«, fragte der Kaiser.

Der Star schwieg. Was hätte er seinem Herrn antworten sollen, dem er so lange gedient hatte, der sein Vater war und sein Lehrer? Er hatte geschenkt, was er schenken konnte, und er war stolz darauf. Er sah den Weisen Vater mit der klaren Stirn, er sah das Körbchen mit der unscheinbaren Blume und er sah den Jungen mit dem wunderbaren Pferd. Was sollte er antworten? Er spürte, dass seine Diener unruhig wurden. Sie wollten nach Hause. Sie sehnten sich nach der Stadt am Meer, nach dem Glockenschlag des Campanile und den Bronzepferden, die über den Balkon des Gotteshauses galoppierten. Sie hatten Heimweh wie er.

»Wir warten auf die Antwort des Westens.« Der Kaiser hob die Hand; doch nicht lange, dann ließ er sie wieder sinken. Die Handfläche nach oben, streckte er sie nach dem Star aus. »Mein Freund, sag mir, welches die wunderbareren Geschenke sind!«

»Herr, ich höre, was Eure Höflinge sagen – und ich verstehe trotzdem nicht, wovon sie sprechen.«

»Ich denke, du bist so klug?« Ein bitteres Lächeln lag auf dem Gesicht des Kaisers und seine Stimme klang müde. »Willst du nicht alles begreifen und was du begreifst dir zu Eigen machen, als wäre es ein Besitz?«

Der Star blickte zu Boden. Der Kaiser sprach die Wahrheit. Wollte er nicht alles, was er gesehen und gehört und erworben hatte in der Fremde, wie eine Beute nach Hause tragen? Aber wollte das nicht auch der Kaiser? Oder wollte er es nun nicht mehr? Hatte er darum die Boten einfach fortgejagt, die ihm voller

Sorge von den Plänen des dritten Prinzen berichten wollten? Noch einmal betrachtete der Star seine Geschenke.

»Herr«, begann er und sah dem Kaiser in die Augen, »ich kann Euch nicht belügen. Ich verstehe immer noch nicht, was es mit den Geschenken des Jungen auf sich hat. Aber ich ahne, dass meine Geschenke nur Spielzeuge sind, obwohl mein ganzes Wissen, mein ganzes Können in ihnen steckt. Und so ... Und so ist es wohl besser, ich bleibe, um weiter von Euch zu lernen. Ein Land, in dem Pferde sprechen und fliegen und wo ein kleiner Pferdehirt findet, wovon in alten Liedern gesungen wird, ist jedenfalls das wundersamste der Welt.«

Der Kaiser antwortete nicht. Mit keiner Geste zeigte er, was er von den Worten des Stars hielt. Nur der Wind war zu hören, der die Äste der Weiden streichelte, und das Knurren eines der Leoparden, die dem Kaiser zu Füßen lagen.

»Schafft ihn fort!«, sagte der Kaiser zerstreut. »Mir scheint, er hat einen Dorn in der Pfote.«

Der Tierpfleger huschte herbei wie ein Schatten, legte beiden Tieren Halsbänder um und führte sie weg. Der Kaiser sah ihnen nach, bis sie hinter den Zelten verschwanden. Dann hob er für einen Augenblick die Arme, dass die weiten Ärmel seines Mantels sein Gesicht verbargen. Als er die Arme wieder senkte, blickten seine Augen so streng, dass alle Umstehenden sich tief verbeugten.

»Ein Land, wo ein kleiner Pferdehirt findet, wovon in alten Liedern gesungen wird«, wiederholte er die Worte des Stars. »So ist es. Du hast es gesagt und du darfst gehen, denn jeder in diesem Land soll so frei sein, zu gehen oder zu bleiben, wie er selbst es will. Nimm also dein Schiff, nimm deine Schrift und deine Maschine, die die Augenblicke zählt wie der Geizkragen seine Münzen – nimm alles und geh, du hast gewonnen! Kleiner Mond hat nur zwei Geschenke, denn so wunderbar das Pferd ist, er darf es doch nicht verschenken. Pferd, sag ihm, dass ich Recht habe! Wem gehörst du?«

Das Pferd hob den Kopf und schüttelte wiehernd die Mähne. In der dunkler werdenden Dämmerung hatte sein weißes Fell zu leuchten angefangen wie ein aufgehender Stern.

»Ich gehöre jedem, der mich haben will. Ich bin der Reisegefährte, der jeden dorthin trägt, wohin er gehen muss. Ich bin die Ferne, nach der jeder sich sehnt, und ich bin die gute Heimkehr.«

»Ja, das bist du«, sagte der Kaiser. »Wahrhaftig, das bist du. Kleiner Mond, komm her zu mir!«

Kleiner Mond trat vor, doch als er so nah vor dem Sohn des Himmels stand, wurden ihm die Beine schwach und er sank auf die Knie.

»Steh auf, Kleiner Mond! Knie nicht vor einem alten Mann, der auch einmal ein Junge war. Ich gebe dir die Geschenke zurück, die du mir gebracht hast. Nimm die immerwachsende Blume mit und den Weisen Vater und geh hin, wo immer du möchtest. Doch zum Dank, dass du mir das Pferd gebracht hast, sollst du auch ein Geschenk von mir haben. Sieh dich um und sag, was du haben willst.«

Kleiner Mond hob den Kopf und sah den Kaiser an. Er sah sein von der Zeit gefurchtes Gesicht und die dunklen Augen, aus denen Blitze zuckten, und der Frühlingsabend fiel ihm ein, als er die Feuerkrone getragen hatte. Er spürte wieder die Angst von Atlars Pfeilen und die Weite der Steppe, in die er trotzdem floh. Er sah das Pferd, wie es seelenruhig Vergissmeinnicht fraß, und er spürte noch einmal die Kälte des Windes über dem Dach der Welt. Er musste an Korr denken in seiner Höhle und an Dunkle Sonne, das Mädchen vom Grünen See. Er sah das Pferd an und den Weisen Vater, dessen Hand auf dem Hals des Pferdes ruhte, und ihn fröstelte, als er an Honigbällchens Affen dachte und an den dritten Prinzen, dem sie mit knapper Not entkommen waren. Sein Blick traf den des Stars. Und als er schließlich redete, wusste er nicht, woher ihm die Wörter kamen.

»Herr, einmal war in Atlars Zelt ein chinesischer Händler. Er trank Tee aus einer weißen Jadeschale, die war wie die Blüte einer Seerose und das Schönste ...« Kleiner Mond stockte. Nein, das Schönste, was er jemals gesehen hatte, war Dunkle Sonne; aber sie war unerreichbar fern. »Ich glaube«, fuhr er fort, »ich glaube, als ich die Jadeschale sah, begann schon die Reise zu Euch. Sie war die Einladung. Herr, gebt mir diese Schale, und jedes Mal, wenn ich aus ihr trinke, werde ich an Euch denken.«

»Aus weißer Jade«, sagte der Kaiser nachdenklich. »Du sollst die Schale bekommen, Kleiner Mond, obwohl Weiß die Farbe der Trauer ist.«

»Es ist auch die Farbe des Pferdes«, sagte das Pferd.

»Und der Segel«, sagte der Star.

»Und des Schnees auf dem Dach der Welt«, sagte lächelnd der Weise Vater. »Die Schale wird dich an uns alle erinnern.«

Und während sie noch den Worten des alten Mannes nachlauschten, trat ein Höfling vor den Kaiser und hob eine mit Bändern geschmückte Fackel. Er verbeugte sich dreimal so tief, dass er mit der Stirn die Erde berührte, und sagte: »Ehrwürdiger Sohn des Himmels, die Sonne ist untergegangen, es ist Zeit, die festlichen Feuer anzuzünden.«

Einen Augenblick zögerte der Kaiser, und Kleiner Mond fand, er sah müde aus und grau wie das letzte fahle Blatt einer Weide im Herbst. Doch als er aufstand und mit der Fackel durch die Gasse der prächtig gekleideten Soldaten ging, um den am Ufer des Teichs aufgeschichteten Berg von trockenen Ästen zu entzünden, da war er wieder der unnahbare Herrscher, unter dessen Füßen die Erde bebte.

Die Flammen loderten auf, die Trommeln dröhnten, und ein Gong ertönte, der die Wände der Zelte erzittern ließ. Ein Festzug tauchte hinter den Hügeln auf, Feuerwerksraketen stiegen in den Himmel und auf dem Wasser des Teiches tanzten zischende Funken.

»Sieh es dir gut an, Kleiner Mond«, sagte der Kaiser. »So versuchen wir Menschen festzuhalten, was doch unabänderlich vergeht. Wir trauern um den Sommer, der doch, indem er geht, uns die Kühle des Herbstes spendet! Wie viel habe ich so festhalten wollen in meinen Leben! O kleiner Pferdehirt, wie auch ich einer war, es ist Zeit, dass wir voneinander Abschied nehmen. Star, mein Sohn, und Ihr, Weiser Vater, lasst uns gehen! Und du Pferd, ältester unter meinen Freunden, begleite mich auf meiner letzten Reise!«

Sie folgten dem Kaiser, wie er durch das zum Fest geschmückte Lager ging, Kleiner Mond, der Star, der Weise Vater und das Pferd. Sie kamen an goldbestickten Zelten vorüber und hohen Beamten, die ihre Gesichter hinter den weiten Ärmeln ihrer Gewänder verbargen, wie es der Kaiser getan hatte. Dann verließen sie die Zeltstadt und gingen hinaus auf die Felder, wo nur noch die Stille der schlafenden Bäume und der matte Duft des Jasmin um sie war. Kleiner Mond sah von fern die fahle Brücke, die kalt über dem schwarzen Wasser glänzte. Der Wind flüsterte und zwischen den Blättern der Seerosen blitzte der Rücken eines Karpfens auf.

»Ist es nicht schön hier?«, sagte der Kaiser.

»Aber Herr«, sagten Kleiner Mond und der Star wie aus einem Mund, »wohin gehen wir?«

»Er geht nach Hause.«

Der Weise Vater hatte ihnen geantwortet. Jetzt legte er den jungen Männern beruhigend die Arme um die Schultern. »Es ist Zeit für ihn. Zeit, auf dem Rücken des Pferdes zu reiten, wohin sein Herz sich sehnt. Das Recht wollt ihr ihm doch nicht streitig machen?«

Kleiner Mond und der Star blickten einander an, die dunklen Augen des Jungen und die grünen Augen des Fremden, in denen die Sehnsucht nach der langen Reise schimmerte. Dann legte Kleiner Mond die Hände ineinander, damit sie dem Kaiser als Stufe dienen konnten, und der Star bot ihm seine Schulter als Stütze.

»Leicht ist es, aufs Pferd zu steigen, wenn Freunde

dabei helfen.« Die Stimme des Kaisers klang erschöpft und doch gelassen. »Pferd, bist du bereit? Willst du mich noch einmal auf dem Rücken tragen?«

»Nur wenn Ihr das Reiselied der Pferdehirten nicht vergesst«, antwortete das Pferd. »Könnt Ihr es noch?«

»Kleiner Mond wird mir helfen, wo ich die Worte nicht mehr weiß. Nicht wahr, kleiner Bruder?«

»Sing es für ihn«, sagte das Pferd, und Kleiner Mond sah, dass es lächelte. Aber es war etwas Seltsames in diesem Lächeln, das Kleiner Mond nie mehr vergessen würde. Ein Versprechen vielleicht?

»Ja, Kleiner Mond, hilf dem Kaiser«, sagte auch der Weise Vater. »Hilf ihm aufbrechen nach dem Ort, wo Himmel und Erde aneinander stoßen.«

Kleiner Mond ballte die Hände zu Fäusten. Das Pferd würde fortgehen und den Kaiser nahm es mit. Würde es jemals zurückkommen? Und wohin wollte der Kaiser? Wieso sagte der Weise Vater, er wolle nach Hause? War sein Zuhause nicht ebenso gut hier wie irgendwo anders? Doch plötzlich ahnte er, nein, er wusste, was der Weise Vater meinte, und er war nicht einmal traurig, als er mit Tränen in den Augen zu singen begann:

Weite Steppe, hoher Himmel,
Wasserstellen am Weg.
Fliegt das Pferd dahin,
Ist das Lager nicht mehr weit.

Kleiner Mond verstummte. Der Kaiser hatte die Hand erhoben zum Zeichen, dass er nicht mehr singen sollte. Das Pferd hob aufmerksam den Kopf und nun sang der Kaiser selbst:

Wie ein Pfeil dahin
Fliegt das weiße Pferd.
Sterne weisen mir den Weg
Zu den Lagerfeuern.

Als das Lied zu Ende war, erhob sich das Pferd in die Luft. Lichter blitzten an seinen Hufen, der Glanz seines Fells beleuchtete den Himmel und malte die Schatten der Bäume auf die nächtliche Erde. Nur ein leises Rauschen lag in der Luft, dann wurde der Lichtschein blasser und ein schwach glühender Punkt mischte sich hoch oben in den Tanz der Sterne am Himmel.

Lange starrten die Zurückgebliebenen in die tiefblaue Nacht. Auf ihren Gesichtern lag noch ein Glanz, aber das Bild des Reiters auf dem leuchtenden Pferd verblasste schon.

»Er ist gegangen«, sagte Kleiner Mond mit fester Stimme.

»Ja«, sagte der Weise Vater. »Wir alle müssen gehen. Geh auch du, Star! Bau dein Schiff, das dich nach Hause bringt in die Stadt am Meer, nimm mit, was du gesehen und gelernt hast, und bring es den Menschen im Westen. Vielleicht verbindet sich so eines fernen Tages die Weisheit des Ostens mit dem Wissen und Können des Westens. Vor allem aber vergiss uns nicht!«

»O Weiser Vater, wie könnte ich Euch und alles, was ich gesehen habe, je vergessen!« Der Star verbeugte sich in die Richtung, in die der Kaiser und das Pferd verschwunden waren. »Ich werde meinen Brüdern im Westen viel zu berichten haben: von der immerwachsenden Blume, von dem sich selbst beherrschenden Willen und dem Kaiser auf dem fliegenden Pferd, der wieder ein einfacher Hirte sein will. – Aber sag, Kleiner Mond, wohin gehst du? Willst du nicht mitkommen in die Ferne?«

»Ich weiß nicht.« Darüber hatte Kleiner Mond noch nicht nachgedacht. »Der Weise Vater sagt, ich soll immer nur eine Sache tun. Und ich glaube, das Erste, was ich tun muss, ist einen Platz suchen, wo ich die immerwachsende Blume pflanzen kann. Vielleicht sehen wir uns noch einmal, bevor du abreist, dann will ich dir gern einen Ableger geben.«

Sie umarmten einander, gingen zu dritt über die Brücke und trennten sich an der Kreuzung, von der aus der Star die Straße nach Peking nehmen wollte. Energisch waren seine Schritte, und Kleiner Mond und der Weise Vater hörten noch, wie er ein Stück entfernt die Torwache um ein Pferd und zwei Wächter als Begleitung bat.

»Er hat es schon wieder eilig«, sagte der Weise Vater lächelnd. »Aber nun sag, wohin gehen wir?«

»Darüber nachzudenken braucht es Zeit«, antwortete Kleiner Mond und rückte die Fangschlinge über seiner Schulter zurecht. »Am besten, wir kehren zurück zu dem Bienenzüchter. Er wird uns gern ein Nachtlager geben und einen Platz, wo wir in Ruhe überlegen können. Kommt, Weiser Vater, gebt mir die Hand, denn im schwachen Licht der Sterne sehen junge Augen besser als alte.«

Die Reispflanzen raschelten und der Nachtwind trug den Duft frischen Wassers heran. Eine einsame Nachtigall begann eben ihr Lied, als Kleiner Mond und der Weise Vater im Schatten der Akazien verschwanden. Auch ihre Schritte waren nicht mehr zu hören, denn sie gingen auf einem Polster von Blüten.